混沌

井埜利博 著

セルバ出版

混沌　目次

プロローグ

一九九一年にソビエト連邦が消滅したことによりアメリカとロシアの冷戦が終わった。その後、中国が次第に力をつけてアメリカと並び、二大経済大国としてお互いに批判し、牽制し合っていた時代があったが、その時代も過ぎた。今は、世界中のリーダー達は皆、自国優先主義に傾いた。協調し合う気持ちもなくなっているのだろう。

科学技術は、目覚ましく進歩した。しかし、世の中は混沌とした状態だ。日本の中もそうだ。自由民主党の一党支配が終わり、連立政権の時代になった。

最近、自分の周りも個人主義的な奴が増えた。自分さえ良ければいいと思っている。自分はどうあれ、人のために何かをするなど無駄なことと考えているのだろうか？ それは悲しいことだ。今から思うと、そうなったのはあの時からだったんだろうか？ 二十年前のことだ。

新型コロナ

1

二〇二×年一月に中国の武漢から始まった新型コロナウイルス感染症が蔓延し、その後中国全土から全世界に瞬く間に広がり、二〇二×年七月初めの時点で全世界の感染者数は一千万人、死者数五十万人にも達した。

日本も例外ではなく、感染者数は一万八千人、死者数九百人を超えた。政府は一時、緊急事態宣言を感染者数の多い東京、神奈川、千葉、埼玉、大阪、兵庫、福岡、北海道に発令し、その後全国に広げたが、一日の感染者数が落ち着いたのを見て緊急事態宣言を解除した。しかし、第二波、三波の招来が専門家達により危惧されていた。

物語の始まりは丁度その頃だ。

新型コロナは、インフルエンザよりも致死率が高く、特に七十歳を超えた高齢者の死亡率は十パーセントまでにも達した。緊急事態宣言により、スーパー、コンビニ、薬局等の日常生活必需品等を扱う店以外の商店や飲食店なども含めて営業自粛に追い込まれ、各都市の経済への打撃は予想外に大きくなった。その結果、政府は、一人当たり十万円の支給や休業を余儀なくされた事業主に対して東京都や近隣の県からの五十万〜百万円程度の交付金などの支給を決定した。

しかし、それだけでは経営が成り立つ筈はなく、事業を継続することができず、倒産件数が思いの外増加し、各地で自殺者などが頻発するようになった。

世界を見ると、欧米でもイタリア、スペイン、フランス、アメリカ、その他イラン、ブラジル、インドなどは、感染者数と死者数が多く、WHOもなす術がなく、アメリカのベンソン大統領は、WHO事務局長が中国寄りの発言をしたことで拠出金を出さないと演説し、また新型コロナウイルスは武漢の中国科学院ウイルス研究所が誤って広げたなどと発言する一方、中国は、今回の新型コロナウイルスは欧州から始まったなどとお互いに罵り合いの様相を呈していた。

そんな中で、五月の連休明けに中大路文也《なかおおじふみや》は、羽田空港から武漢空港に向かっていた。

中大路は、橋田進《はしだすすむ》内閣官房長官の命を受けて、中国武漢の新型コロナウイルスの治療薬およびワクチンに関する共同研究との名目で、実は米国からの情報の信憑性を調査するために武漢へ向かったのである。

中大路は、東京大学理Ⅲ類を卒業し、国立感染症研究所を経て、その後厚生労働省へ医系技官として入職、現在四十三歳、キャリア組で健康局結核感染症課長として将来の事務次官候補である。渡中したのは、中大路の他に同じ厚労省健康局の部下の若手が同行した。一人は岸田太郎《きしだたろう》三十五歳と宮川浩《みやがわひろし》二十九歳である。二人とも関東近郊の大学医学部を卒業した医系技官である。

二〇〇八年のＳＡＲＳの感染拡大も中国から拡散された経由もあり、また今回米国ワシントンポストの記者からは、ある程度の根拠を持ったコラムで、中国科学院ウイルス研究所でのコウモリのコロナウイルスの誤った取扱方から流出したことを報道した。一方、中国側は、武漢の市場がその発生源と公表しているが、その真偽は不明であった。

中大路らは、羽田空港から四時間十五分で武漢天河空港に到着した。中国科学院ウイルス研究所の廷真鉄《ていしんてつ》所長は、既に厚生労働省との事前相談で日本からの研究者派遣については了承してあったため、快く迎えてくれた。

三人が住む場所や自家用車一台なども用意されていた。研究所から車で十五分の二十階建てのマンションの最上階に一室ずつ与えられた。それは、中国側から与えられたのではなく、事前に厚生労働省健康局の役人が用意したものである。部屋に着いて直ぐに、三人は中大路の部屋に集合し、今後の行動について話し合った。橋田官房長官からの指令は、新型コロナウイルスの発生場所等の調査が第一と考えていた。

三人の夕食は、マンション近くの飯店の個室を予約した。

「中大路課長、まずは華南海鮮市場の視察が必要ですよね？」

「岸田くん、まぁ、焦る必要はないと思いますよ。ゆっくりやりましょう。武漢も新型コロナ感染症は一時、落ち着きましたが、まだ感染者がゼロではないのですから……」

その話に、宮川は頷いて言った。

「そう思います。また、一時治った感染が再度流行しそうな気配がしますね？」

「とにかく、官房長官は、ベンソン大統領の考えと同じように、武漢のウイルス研究所が拡散元と考えているようです。それが偶然なのか必然なのかわかりませんが……」

「課長、それはどういう意味ですか？」

「あはは、岸田くん、いずれわかるよ。まぁ、海鮮市場をじっくり調べてみようじゃぁないか……」

「わかりました」

　三人は、まだ武漢に着いたばかりで、官房長官からは一年間の滞在が許されている。時間は十分ある。中大路は、その間じっくり調べれば良いと思った。そして橋田官房長官が期待するような報告をしたい。

2

　武漢は、中国湖北省の省都で、人口約一千万人の大都市である。その中で、華南海鮮市場とウイルス研究所とはわずか十キロしか離れていない。さらに、武漢疾病対策予防管理センターとは、わずか二八〇メートルの距離とのことだ。中大路達は、市場内の視察を試みたかったが、コロナの感染拡大のため中国政府の命令で閉鎖されており、視察不可能であった。

　ウイルス研究所は、ウイルス学、植物病理学、土壌微生物学、微生物変異・遺伝学・育種学に分かれており、中大路ら三人は、その中のウイルス学研究室に客員研究員として配属された。

ウイルス学研究室長は、李俊傑《りしゅんけつ》といい、日本に滞在していたこともあり、日本語がベラベラである。二十年前から室長に就任しており、コウモリのコロナウイルスを研究していた経験がある。そのウイルスを用いてエイズのワクチンを作成していたが、未だに完成していない。

李室長は、中大路らをウイルス研究室の客員研究員として週末に三人を研究室の仲間八人と共に歓迎会を開いてくれた。その中で、岸田とある研究員との会話で特筆すべきことがあった。

「中大路課長！」

「ここでは課長はよせ！　日本ではないのだから、『さん』でいいぞ」

「すみません」

「何だ？」

「研究員の一人Aから、何か怒っているような感じで『日本から何しに来たんだ？』と訊かれましたよ。一応は新型コロナのワクチンを早急につくるためにだと答えておきました。すると『この研究所から新型コロナウイルスが漏れ出たんじゃぁないかと疑っているんだろう？』って訊かれました」

「そうか。アメリカのベンソン大統領などはそう決めつけて、発言しているかならぁ」

「その研究員の話では、その件についてはここでは禁句なんだそうです」

「そうか。そうだろうな……。われわれもあまり彼らの前では話題にしないほうがいいだろう」

「そうですね」

　中大路の感触では、アメリカからの報道は真実なのかも知れないと思っていた。もちろん、われわれはそれを探るために渡中したのだ。共産党一党独裁のこの国では、報道規制などは常識になっている。都合の悪いことは絶対に外には漏らさないように、周囲からの目が光っている。それは大いにあり得ることだ。日本の政府もそう思っている。

　李俊傑室長は、

「新型コロナ感染症のパンデミックは大変なことです。中国の武漢から始まったことは誠に遺憾なことです。しかし、既に武漢では新しい感染患者はほとんどいなくなり、中国の感染対策が功を奏しています。日本からいらっしゃった中大路さん達を歓迎します。ぜひ、早く一緒にワクチンができるように頑張りましょう」

と、皆の前で挨拶した。

中大路は、まずは海鮮市場の中での聞取り調査と実験でコロナウイルスを扱った研究員の話を聞かなければならないと思った。

中大路達三人の研究室でのワクチン作製の仕事は、既に開始されていたが、確かにワシントンポストの記者が報告したように、レベル四での実験における実験室内ウイルス拡散防止のためのシステム不備がある感じを受けた。

また、研究員の蘇潤伯《そじゅんはく》によると、李室長のところに中国国防部幹部からの数回に渡る文書が送られてきていることがわかった。その文書の内容のすべては明らかではないが、蘇によるとどうも生物兵器としてコロナウイルスともう一つのニパウイルスについて研究開始を促す文書が送られて来ていたようだ。

蘇は、もともと台湾出身のためか、日本に好意的な性格で、中大路達に何かというと近寄って来ていた。五年前に国立感染症研究所に留学し、ウイルスの研究を勉強していた経験がある。そのため、彼との会話の中から、この研究所は生物兵器としてのウイルス研究の疑いが益々深まった。しかし、中大路としては、その物証がどうしても欲しいのである。

その一週間後、午後七時頃、中大路は、一人で研究所から車で帰宅しようとマンションに向かっていた。マンションの手前の路地で、黒いワンボックスカーが中大路の車を追い越し、急に止まった。中大路は慌ててブレーキを踏み、危うく追突しそうになった。

するとワンボックスカーから三人の男達が出て来た。三人とも黒い目出し帽を被り、手には鉄パイプを持っていた。彼らは、中大路の車に寄って来て、いきなり左側の運転席の窓ガラスを割って、中大路を引きずり下ろした。中大路は、そのような経験は一度もなかったので、本当に殺されるかと思った。

三人の中の一人は、中大路の顔を殴った。中大路は、尻もちをついて仰向けになった。そこに別の男が鉄パイプで右足の脛を打ち下ろした。その痛さに目から火花が出た。もう一人の男が、右足の底で中大路の腹をめがけて踏みつけた。その時点で中大路は気を失った。気を失う前に、顔を殴った男が中国語で何か怒鳴っていたが、意味がわからなかった。

気がついたら、近くの武漢市中心病院の病室ベッドの中であった。後から聞いた話では、路上に倒れていた中大路を通りがかりの人が見つけて、救急車をコールし、近くの総合病院まで運ばれたらしい。

担当医の話では、足は骨折していたとのことである。左眼の周囲は紫色になっていて、腫れていた。殴られたためと思われる。腹部はＣＴ検査では異常はなかった。点滴をして、三日後に退院した。足の骨折は幸いヒビが入ったくらいで、手術はせず患部を固定し、経過観察で大丈夫とのことであったが、しばらくは歩くことはできず、松葉杖で歩行することになった。

岸田と宮川は、見舞いに来てくれた。

「中大路さん、これって絶対、何かの脅しですよね？」

と、宮川が中大路と岸田の顔を伺いながら言った。

「宮川くん、まぁ、そう決めつけないでよ。岸田くんはどう思う？」

「そうですねぇ……」

岸田も困っていたが、

「しかし、中大路さん、他に考えられますか？」

「そうだねぇ、彼らは最後に何か言ってたんだがね。何を言ってるかわからなかったんだよ。中国語だからねぇ。もっと勉強しておけばよかったなぁ」

と、中大路は頭を掻きながら言った。

「多分、何かの脅迫だと思います……」

「そうかも知れんね。誰の命令だかわからないけど、われわれがウイルス研究所で調べようと思っていることに対して、それは止めろと言っているのですよ。おそらく……」

と、中大路は言った。

「やはり、そうですよね。それしかないですよね」

と、岸田も宮川もそう考えていた。三人の一致した意見だった。

中大路は、政府の命令なので、止めろと言われてもそういう訳にはいかないのだ。真相を解明しなければ帰国できない。また、今回の襲撃事件から、今後三人のみで対処することは難しい。かといって研究所の李室長や廷所長に相談はできない。彼らは向こう側の連中だ。

「皆！ どうする？ 君らもやられる可能性もあるぞ。一人になるのは難しいな？ できれば三人で一緒に行動しよう」

「それがいいですね」

3

中大路が病院に入院中、武漢市の警察署から署員二名と通訳一人が今回の事件について訊きに来た。警察官の質問に対して通訳を通じて答えたが、印象として武漢警察からは、日本人に対しては領土等の反日的なグループの犯行か現金を持ち歩く習慣のある日本人を狙ったグループの犯行を中心に捜査を開始する旨の話を告げられた。

それは、三人で話をした内容と百八十度異なる考え方を示した。第一、財布にはかなりの現金が入っていたのに、全く取られていない。金目的ではないことは明らかなのに……。また、自分は領土問題などには全く興味がなく、政治的な関与もない。中大路は武漢警察には多くは期待できないと思っていたが、そのとおりになった。

中大路は、最初に橋田官房長官を通じて北京にある在中日本大使館に相談した。その大使館領事部の人間が、直ぐに電話で話を聞いてくれた。その結果、日本の外務省から警察庁を通じて三か月間の期限付でSP二人を派遣してくれた。

その間、ウイルス研究所の中大路宛に日本語でFAXが届いた。『これ以上、ワクチン作製以外の詮索をすると死ぬことになるぞ』との内容であった。まさにこの脅迫状は、ウイルス研究所で日本政府に知られては困ることがあると証明しているようなものだ。また、中大路は、この文章は日本人が書いたかのようだと感じた。

中大路らは、まずは中国国防部幹部からの生物兵器としてのウイルス作製指示文書を手に入れることが優先事項であると考えた。その極秘文書は、おそらくは廷真鉄所長と李室長くらいしか見ていないと思われる。一般研究員は、その存在すら全く知らないと思われる。その文書の保管場所は、多分、廷所長の部屋にある金庫の中にでも隠してあるのだろう。そうだとすると、廷所長の知らないうちに見ることは難しい。

コロナワクチン作製の実験を研究員と一緒に続けているうちに、研究員の中にはまた別の見方をする者もいた。まだ、若い林藍珠《りんらんじゅ》という女性研究員の話では、コロナワクチンの開発は今回の感染拡大する大分前から開始されていたとのことである。

彼女は、北京大学の理学部を卒業し、このウイルス研究所に入職して五年経っている。彼女の話からは、自分が入職した時には既にコロナウイルスの研究をしていたと証言した。また、華南海鮮市場では、野生動物を売っている店があり、その中でコウモリなども食べる中国人もいたとのことである。そのため、コウモリが持っているコロナウイルスが感染源であると公表されたが、ウイルス研究所で扱っていたコロナウイルスもコウモリから抽出したものなので、今回の感染拡大の発生源として自分達が扱っているコロナウイルスが流出した可能性もあるかも知れないと語った。

ニパウイルスもまたコウモリから豚や人に感染、脳炎を起こす危険なウイルスである。そのニパウイルスもコロナウイルスと同時に扱っていたとのことである。その他の研究員の中にもアメリカ政府やマスコミの一部が指摘しているこの研究所から漏れ出た可能性は否定できないと言う者もいた。今となっては、コロナの発生源がこの研究所なのか海鮮市場なのかを明らかにすることは困難である。

中大路自身は、今回のコロナウイルス感染拡大の源がどちらなのかはどうでもいいことだ。どちらにしても、中国から発生したことには違いない。中国は、そのことについて責任を負わなければならないし、保証等も考えなければならない。しかし、そのことよりも、中国政府が生物兵器としてコロナウイルスを研究させているのかが重要な点と思っている。日本政府もおそらくはそう思っているのだろう。

そもそも中大路にとって、中国は嫌いな国の一つだ。国の政治体制から気に入らない。秦栄明《しんえいめい》率いる共産党の一党独裁の国で、恐ろしいほどの報道や情報の規制がなされている。日本のように政府の悪口を堂々と言える民主主義に慣れてきたわれわれは、大いに違和感を覚える。

日本も第二次世界大戦前の軍事政権の時はそうであったように。また、南シナ海でのあの行動は何だ！　勝手に南沙諸島の暗礁を埋めて人工島をつくり、飛行場を建設している。あそこは誰が見ても、世界地図を見れば中国の領土ではないことは明らかだ。

そして、どこの国に行ってもチャイナタウンがあり、中国人が多い。華僑と呼ばれる人達だ。日本も最近、北海道のリゾート地等は早々と中国人が土地を買い占めている。彼らはマナーが悪いし、どうも好きになれない。

四月になっても、海鮮市場は、中大路達が渡中してから一度も開場されていない。欧米各国から海鮮市場で野生動物を売り買いし、それを彼らは日常的に食している事実を非難され、それが原因で今回の新型コロナウイルス感染拡大に繋がったと決めつけられていたから尚更である。そのため中大路達も、そこで働く市場関係者の話を聞けないでいた。

しかし、秦栄明政権は、武漢の新型コロナウイルス感染は収束しつつあるとして、感染者数の多いイタリア、イラン、フランスなどに医師団や不足している医療物資を送り、世界の中で指導的立場を築こうとしている姿は滑稽であると中大路には映った。

4

武漢に来て半年くらい過ぎた頃、中大路は宮川と林と一緒に研究の仕事をして遅くなった。帰りがけに近くの中華レストランで食事をした。

たまには現地の研究員と一緒に飲むのも必要だと思ったので、林を誘った。彼女は、まだ独身で魅力的な女性であった。中国人の女性は、皆細身で足が長い。林も美人とは言えないが、スタイルが良い。日本語も片言は喋れる。林は、中大路の誘いに対し気楽に応じてくれた。食事中の会話で、

「林さんは、もう五年もこの仕事をやっているんですよね？」

中大路は、林の眼を見て訊いた。質問の意味はわかってくれているのか？

「この仕事？」

「えぇ、ウイルスの遺伝子の研究のことです。ワクチンの仕事も……」

「ワクチンの仕事はまだ最近です。武漢で流行してからです」

林は、質問の意味がわからない時は時々英語を使った。

「林さんが扱っているウイルスはコロナとニパですよね？」

「はい、そうです」

「それは、林さんがそのウイルス研究を自分でやりたいと思ったからですか？」

「違います。廷所長からの指示です」

「コロナもニパもかなり毒性や感染性が強いですよね？だから扱い方が大変ですよね？」

「そうです。十分な管理が必要です。以前アメリカ政府の専門官がやって来て、陰圧室な

ど厳密には不十分だと言われました」

林は、口を曲げて露骨に嫌な顔を見せた。

「アメリカは、中国に対して敵対意識を持っています。そう思いませんか？」

「そうかも知れませんね。それとは別な話ですが、林さんにとっては嫌な質問かも知れませんが、ここの研究所でのウイルス研究は生物兵器としての研究だと言う人もいますが、どう思いますか？」

中大路は、林の気持ちを少し揺さぶる質問を投げ掛けた。

「私が入職した時にはわからなかったのですが、少し経った時に蘇さんからそのような話を聞いたことがあります」

「それはどんな風に聞かされたのですか？」

「蘇さんは、もともと国防部の科学技術委員会に所属し、テロ対策に関係した研究をやっていたのです。テロにはいろいろありますから、生物兵器もテロ対策に入ります。私にはその辺はよくわかりませんが、もしかしたら生物兵器なども扱っていたのかも知れません」

「へぇ、そうなんですか」

中大路は、それを聞いてまた一歩近づいた感じがした。蘇を調べれば、何か得られるかも知れない。

翌日、中大路は、蘇が過去に発表した英語論文についてパソコンで検索した。案の定、ファーストオーサーで五編の研究論文が掲載されていた。いずれもインパクトファクター高値でレベルの高い雑誌だ。その中の一つは、Virus as biological weapons『生物兵器としてのウイルス』との内容で掲載されていた。すなわち、ウイルスを生物兵器として利用する方法などの研究をしていたことを示していた。

中大路は、これを読んで益々この研究所のコロナウイルス研究が生物兵器としての役割を担っている可能性が高いと思った。直接的な証明は、やはり中国国防部からの正式な文書がどうしても必要になる。それがあれば、中国は生物兵器禁止条約に違反していることの物証になる。

中大路は、在中国日本大使館に端本哲哉《はしもとてつや》という外務省官僚が出張で北京に来ていることを知った。端本とは高校の同級生で、当時学年で中大路とはいつも成績の一番二番を競い合っていた奴だ。昔は気に入らなかったが、彼は、高校卒業後、東大に受からず私立のW大学政治経済学部に入った。高校卒業してからは全然会っていなかったが、厚生労働省の後輩からメールがあり、北京に来ていると知らされた。

端本は、昔から少し人間を斜めに見るような奴で、自分みたいなエリート街道を突っ走っている人間が最も嫌いな人種だと思っている。しかし、社会の裏側をよく知る奴で、省内でも外務官僚とは思えないような行動をしていたそうだ。後輩の話によると、女、ギャンブル、博打、何でも来いだそうだ。それでいて日本の将来を憂いて、政治のことになると、正義を振りかざすのだと。それを聞いて、中大路は可笑しくて、より一層久しぶりに会いたかった。彼がどんな風になっているのか、大いに興味があった。それともう一つの目的もあったからだ。

北京日本大使館に電話して端本を呼び出した。彼は、電話に出るなり、

「おう、中大路か……久しぶりだなぁ。元気そうやなぁ」

昔と声はあまり変わっていなかった。

「忙しいか？　端本！　高校卒業以来だなぁ」

「まぁな。ところで何なんだ？　急に……」

「ちょっとな。久しぶりに顔でも見たくなったんだよ。こっちに来ていると聞いてな。俺も暇だし……酒でも飲もうと思ってな」

「お前は今、武漢にいるのか？」

「そうだよ。今回の新型コロナ感染症の研究でな……。来週、そっちに行く予定があるんだよ。そん時でも飲まないか?」

「へぇ、そうなのか。いいよ。時間を開けておくよ」

高校時代は、あまり気に入らない奴だとは思ったが、異国にいると日本人が恋しくなるものだ。それとあいつがどんな風に変わったか、知りたかったからだ。

5

中大路は、再び北京に来た。到着したのは午後七時過ぎであったが、到着ロビーは混んでいた。幸い端本は、飛行場まで迎えに来てくれた。何せおおよそ三十年ぶりなのだから、最初は顔がわからなかった。端本は、どこかで中大路の最近の写真を見ていたらしく、すぐに駆け寄って来て、

「おう! 中大路。迎えに来てやったぞ」

と、笑って言い腐った。相変わらず大柄な言い方だ。しかし、これからのことを考えると彼とは上手くやらなければならない。

「久しぶりだな。端本! お前、あまり変わってないなぁ」

「そうか。そう見えるか？　それじゃぁ、俺のよく行く日本食レストランがあるから、そこへ行こうか？　予約してあるんだよ」

「おう、任せるよ」

　二人は、タクシーで日本大使館の近くの日本食レストラン『大和路』に入った。武漢に来てからほとんどの食事は中華だったので、和食が恋しかった。料理は生ものが出たが、銀座あたりの高級鮨屋と比べると大分落ちるが、まあまあの新鮮さであった。

「ところで、端本はこっちで何やってんだ？」

「大した仕事じゃあないよ。誰でもできるようなもんだよ。中大路、お前の仕事はやはりコロナか？」

「あ、あ、そうだよ。今回の新型コロナウイルス感染症が武漢から発生したことは知っているよなぁ？」

「あ、あ、知ってるよ」

「日本の政府は、その発生源が中国科学院ウイルス研究所から出た可能性があると考えているんだよ」

「中国政府は、武漢の華南海鮮市場から発生したと正式発表しているよなぁ？」

「それが怪しいんだよ。もしかしたらそのウイルス研究所は、生物兵器として新型コロナウイルスを作製しているのではないかと考えているんだなぁ」

酒が進むにつれて、友達のあいつがどうした、こいつがどうしたなどの話で盛り上がった。

端本は、昔と同じように人の言うことはあまり信用しない性格だが、生物兵器のことは興味があったらしい。中大路は、そのことについては詳しくは話さなかった。

端本の話では、最近、中国国防部の動きが活発化しているので、調べているらしい。彼も自分の仕事のことについては深く話さなかった。

彼は、相変わらず、日本でもそうだったように、北京でも裏社会の人間との付合いが多いようだ。

彼の外見もとても外務官僚には見えない。官僚で彼のように黒ワイシャツのスーツ姿の者はいない。

「ところで、訊きたいんだが……」

「何だ?」

「突然だが、お前、金庫を開けられる奴を知ってるか?」

「はぁ？　どういう意味だ？　金庫屋か？」

「いや、鍵の掛かっている金庫を開けることができる奴だよ」

「それって、金庫破りってことか？」

「そうだよ。夜忍び込んで金庫を開けるんだよ」

「何だ？　それって犯罪だろ？」

「そんなことはわかってるよ。それ以上は話せないんだよ」

「……そうか。そうだなぁ……。いるかも知れんなぁ。ちょっと調べてみるけど、少し時間をもらえるか？」

「端本ならその方面の奴を手配できるかなと思ったんだけど……」

「それはどういうことだ。犯罪者か暴力団扱いだなぁ。まぁ、いいか。お前も日本のためにやっているようだからなぁ。いろいろ当たってみるよ」

「そうか。助かるよ。申し訳ない……」

　中大路が北京にきた理由はこれだけだ。端本との話はこれしかない。

　その晩は二人でしこたま飲んだ。意外に端本は気さくで楽しかった。夜二時頃まで飲んで、タクシーでホテルへ帰り、翌日夕方には武漢に戻った。

武漢に戻ってからは、まずは廷所長のところに置いてある金庫のメーカー名、品番号、キータイプと写真などを揃えておかなければならない。まずは写真を撮れればキータイプなどもわかるだろう。いずれにしても焦る必要はない。端本からの連絡を待とう。

一週間もしないうちに端本からメールが届いた。『約束の件、適当な奴がいる。中国人だが、腕は確かだ。理由はどうあれ、金さえ払えばやるそうだ。名前は江宇辰《こううしん》だ。彼からだが、開けたい金庫の写真を見せてくれとのことだが、あるか？』とのことであった。

中大路は、前もって岸田と宮川に相談し、廷所長が不在の時、所長室に入り金庫の写真を撮り、メーカーと品番などを控えておいた。その資料を添付し、メールで返信した。

三日後に、それに対する返信メールが届いた。江の話では、この金庫であれば十～十五分もあれば開けられるそうだとのことであった。旅費、宿泊費は別で五百万円で受け合うそうだ。

岸田と宮川とで話し合った結果、中大路は了承した。実行日、時間等はこちらで連絡すると告げ、三人で話し合った。ただし、このことは絶対に誰にも口外しないことを約束させた。

この件は、三人だけの秘密であることはもちろんであるが、実行日は、所長、室長、研究所員が全くいない日曜日深夜が最も良いと考えた。また、もし金庫の中に国防部からの文書を発見した場合は、写真を撮り元に戻しておくことにして、廷所長には気づかれないようにと計画した。

決行日は、十月四日日曜日の深夜午前二時とした。当日、午後五時頃、宮川には研究所で仕事があるからと研究所の守衛に告げさせ研究室に入れてもらい、その他は裏口から深夜午前一時前に集合。江は、当日午後二時には研究所周辺のホテルに到着していた。

岸田と宮川は、手分けして研究室と所長室の周辺で見張りをした。その間に、江が金庫を開ける作業に取り掛かり、その脇で中大路が手伝った。

予定通り江が開錠を開始し始めて十分もしないうちに開けることができた。さすがだと思った。金庫内には金目のものはなかった。書類が封筒に入っているものが三通あった。その中で国防部からの封筒があり、その中には国防部の部長から廷所長宛の生物兵器に関する文書があった。

中大路は、中国語は得意ではなかったが、文書を見て、生物兵器としてのウイルス研究に関するものだとわかった。他の二つは国防部の印などはなく、人事や研究員の給与に関するものであると判断した。目的の文書を次々に一枚ずつ写真を撮った。全部で三十一枚であった。撮り終わり書類を元に戻して、金庫を閉めた。

取り敢えず、江から開錠の番号だけは控えておいた。すべてが終わり、四人で帰宅した。江には、宮川がバッグに入れておいた五百万円相当の三百三十五万元を現金で渡し別れた。これで彼らが生物兵器としてコロナウイルスの研究を中国政府の命令でやっているとの物証が得られた。

6

中大路は、国防部からの文書の写真を印刷してから、自分で辞書を調べ、大方の内容を訳した。その内容は、国防部幹部からのコロナウイルスとニパウイルスを生物兵器として野生動物から分離し、その感染力の強さや治療薬などを研究することを目的に国防部から多額の研究費を交付してもらうとのことであった。

この内容を確認し、直ぐに日本の官房秘書官を通して橋田官房長官へメールを送った。翌日橋田官房長官から直接電話があった。

「中大路君、メール確認したよ。これで今回、武漢から始まった新型コロナ感染症は、中国の生物兵器開発のためのウイルス分離の過程で中国科学院ウイルス研究所から漏れ出たとの物証が得られた訳だね？」

「はい。そう考えてよろしいと思います」

「そうか。そうすると後は君達がそちらに滞在する意味はあまりなくなるかなぁ？」

「そうですねぇ。後はワクチンの開発でしょうか？」

「ワクチンは日本のほうが進んでいるのじゃあないか？」

中大路も、内心は今後こちらにいる意味はあまりなくなったような感触を持っていた。

「そう考えてもよろしいかと思います」

「では、君達皆で相談して帰国の準備をするといい。その時期については任せるが、少なくとも一か月前には連絡を入れてください」

「わかりました。皆と相談します」

これで電話を切った。その後、岸田と宮川との三人で相談の結果、十二月末で仕事にけりをつけ帰国する予定で、それまではさらに国防部幹部からの指令などが出た場合に、その内容等の情報を入手すべく注意を払い滞在することとした。

十月の末、三人が仕事を終えてマンション近くにある行きつけの中華料理店で食事を終え、歩いて帰宅しようとした時であった。後ろから黒い車が走ってきて、いきなり大きな風船が近くで破裂したような『パーン・パーン』と二回音がした。同時に岸田が『う……』と唸って、倒れた。岸田は左足の下のほうを押さえて、『あ、つ、つ』と顔を顰《しか》めていた。中大路は、直ぐに拳銃で撃たれたのだとわかった。車は黒の乗用車だったが、咄嗟のことでナンバーは確認できなかった。

中華料理店の店主も出てきて、救急車を呼んでくれた。十五分くらいして救急車が来て、以前中大路が襲撃されて入院していた武漢市中心病院の救急外来へ搬送された。レントゲン検査の結果、幸い弾丸は下腿の骨は逸れていたが、腓腹筋の浅い所で貫通していた。出血も大したことはなく、救急外来で止血と五針の縫合で済んだ。念のため一週間程度の入院が必要と言われた。

警察官が来たが、通り一遍の聞取りだけで、命に別状がないことがわかって、『犯人を早急に捕まえます』と言っているような中国語で話して帰った。

岸田は、救急外来での処置を終え、病室に入り、一段落した時に後から宮川が到着した。

「岸田さん、大丈夫ですか？　でも大したことはなくて良かったですね」

「大したことはなくはないよ。痛えよ。何なんだよ。全く……。何で俺なんだ」

岸田は、足を触りながら、舌打ちした。

中大路は、

「これは、前に私を襲った奴らと同じ仲間だよ。絶対に……」

「そうですね。今回も警察はあてにはなりませんね？」

「あ、あ、ダメだな」

と、中大路は答えたが、腕組みをして考えてから、

「われわれの知りたいことは知ったし、その物証も得られたし、帰国するのを早めたほうがいいかもしれないなぁ」

「……」

中大路の予想では、やはりわれわれの知りたがっていることを知られるとまずい連中だ。国防部からの生物兵器指令を隠蔽しようとする組織だ。おそらく国防部上層部からの指示に違いない。今回の狙撃も、われわれの誰かを殺そうとしたら殺せた筈だ。

だが、岸田一人の足を狙って二発撃った。しかも、至近距離からだ。二発とも当ててもいい筈だ。それを考えると単に『脅し』の意味しかない。そう考えると、帰国を早めよう。

翌日、橋田官房長官に岸田狙撃事件の一部始終を報告し、帰国を早めることの了承を取っ

た。橋田官房長官との電話の最後に長官はちょっと気になることを言った。

「いやぁ、中国は本当に困るんだよね……。コロナ騒ぎに乗じて最近になって軍事活動が活発化しているんだよ」

と、言っていた。

その件は、中大路には無関係な事案だと思ったので、『そうですか』としか答えなかった。

「あ、そうそう。中大路君は、外務省の端本君と高校の同級生だったね？　彼は、今、大使館に勤務しているんだが……」

「はい。知っています」

「あ、そう。帰国前に彼に連絡とれるかなぁ？」

「はい。取れます。この間、ちょっとしたことで頼んだことがありましたので、御礼をしなければと思っていました。丁度良いです」

「じゃあ、頼むよ。助けてあげて！」

中大路は、橋田官房長官の『助けてあげて』という言葉？　端本は困っているのか？　後で電話するか……。

7

十一月中に帰国予定であったが、その前に端本に会って御礼を言おうと北京に向かった。また、橋田官房長官からの指示もあり、会いに行った訳である。端本とは、前回一緒に鮨を食べた日本食レストラン『大和路』で待ち合わせした。北京空港に着いてタクシーで向かい、『大和路』に着いたのが午後六時であった。端本は、既に個室の部屋で待っていた。

「おう。お疲れ様、先に飲んでいたぞ」

「いいよ。いいよ。俺も日本酒飲もうかな……」

到着後、少し食べて、飲んでから本題に入った。

「端本！　この間の金庫破りの江宇辰さん、大したもんだ。ものの十分で開けたぞ。助かったよ。お前は裏の世界では顔が広いなぁ」

「おう。そうか。欲しいものは手に入ったのか？」

「まぁな。これがちょっと高かったけどな」

と、親指と人差し指でマネーのサインをして、

「ぼったくりだなぁ。だが、お前の金じゃあないじゃあないか……。そのくらいの金は経

費で何とかなるだろ？」

「まぁな……」

「コロナの発生源について何か掴んだのか？」

「あ、あ。中国国防部の幹部がウイルス研究所に生物兵器としてウイルス研究をやらせていたんだよ。そのための多額の研究費が国防部から出ている証拠を掴んだんだよ」

「本当か？　それは国際条約違反だろ！」

端本は、外務官僚だけに、それは全く許せないという感じだ。もしそうなら、国際司法裁判所への提訴も考えなければならない。

「本当だよ。中国政府は、武漢海鮮市場から発生したと発表しているんだが、実はそうではなく、発生源は研究所なんだよ。もしかしたら、わざとコロナウイルスを拡散させたのかも知れないなぁ」

「いやぁ、それはないと思うけどなぁ……。自分の国にばら撒くか？　やはり誤って漏れたと考えるのが妥当だろ？」

「そうかも知れないなぁ。でもなぁ、コロナ騒ぎを起こして、そのどさくさに何か企んでいるってことも考えられるぞ……」

「企みかぁ……。あり得るな」

そんな話が続いて、中大路は、自分と部下の岸田が襲われたことも話した。武漢警察も犯人逮捕には消極的みたいだとも。

おそらく武漢警察には、国防部から圧力がかかっていたのだ。端本の話から、その犯人は国防部に頼まれた中国マフィアのような連中ではないかと知った。まぁ、命は助かっただけでも良かったと言われた。彼らは金次第で何でもやる連中なのだとのことだった。

「それはそうと、橋田官房長官から電話で聞いたのだが、お前のほうも何か困っているらしいとのことだが……そうなのか?」

「う……ん。そうなんだよ」

端本自身は、自分は外務省、中大路は厚労省と話してもわかってもらえるか心配ではあるが、関連することなので伝えておいたほうが良いと判断したのであろう。

「それはなぁ……。防衛大臣から直接話があったのだが、中国の太平洋地区への侵出が目立っているようなんだよ」

「ほう。そうなのか?」

「前々から中国は、南沙諸島への侵出は明らかなんだが、最近は遼寧《りょうねい》空母艦隊が沖縄本島と宮古島の間を通り抜けることが度々あったのだよ。以前から彼らは太平洋を二分して、東はアメリカ、西は中国の領域と勝手に決めているんだよ。今回の世界的な新型コロナウイルスの問題の裏で、わからないようにそれを進めているんだなぁ」

「やっぱりそうか。中国って本当に何を考えているのかわからんなぁ。われわれの常識では理解できないことだよ」

「中国の太平洋侵出を阻んでいるのは、日本とアメリカ、台湾なんだよ。最近では、中国は、南太平洋のソロモンやキリバスに資金援助し、島を丸ごと租借契約して、軍港建設を計画しているのだよ。さらに日本の領土である小笠原諸島に目をつけ、その中の一つの島に中国の軍港や飛行場などを建設する計画もあるとの情報が入っている」

「本当なのか？　小笠原諸島に侵出してきたら日本と戦争になるぞ！」

「俺は今、その件で国防部の動きを探っているんだよ」

「そうなのか。何か手伝うことができれば言ってくれよ。俺も防衛に関しては畑違いだがなぁ」

「お前はこれから日本に帰るのか？　もし帰ったら、橋田官房長官にでも伝えてくれよ。まぁ、このことは総理や官房長官、防衛大臣などはある程度は知っているとは思うが……。彼らは、『中国だってそこまではやらないだろう』と内心は思っているのだよ。今はコロナのことで頭の中は一杯だと思うが、日本の防衛の点で重大な局面に向かっているんだよ」

「わかった。早速帰国し、その件はあまり公にはできないが、提言してみるよ」

中大路は、端本と会食した三日後に帰国した。その後、岸田と宮川も一緒に帰国した。

南鳥島占領

1

中大路が武漢から帰国し、そのまま厚生労働大臣と事務次官へ帰国の挨拶を終え、橋田官房長官室を訪れた。七か月間の滞在期間に得た、中国科学院ウイルス研究所での研究成果と問題の中国国防部幹部からの生物兵器としてのウイルス研究を指示する文書のコピーを渡した。

この件は、既にメールと電話で詳しく話してあったので、『ご苦労様。よく手に入れられたなぁ』と言われ、中大路はそれを官房長官からのお褒めの言葉と受け取った。

十二月二十三日、中国人民解放軍海軍の航空母艦遼寧を中心とした駆逐艦二隻、フリゲート艦一隻、玉坎型《ゆかんがた》揚陸艦一隻、高速戦闘支援艦一隻の六隻の艦隊が沖縄本島と宮古島の間を再び航行しているとの報告が防衛省に届いた。

八反田博《はったんだひろし》防衛大臣、山崎龍太郎《やまさきりゅうたろう》海上幕僚長などの防衛省幹部は、今回で三回目のことであり、外務省を通じて領海侵犯として中国外務省に強く抗議した。

前回の二回は、その後進路方向を南へ向け、南シナ海方面に進行していたが、今回は南への進行はせず、そのまま東へ向かった。今回の領海侵犯の向かう先は、小笠原諸島の最東端の南鳥島のようであった。艦隊の進行方向を予想するとまず間違いないと思われた。

南鳥島は、東京都小笠原村に属する。本州から千八百キロ離れた最東端の島である。飛行場があり、自衛隊の硫黄島航空隊の基地として海上自衛隊が運営している。民間人は住んでいない。周囲は、環礁《かんしょう》で、サンゴ礁なので浅く、艦船は近づけない。

中国滞在中の外務省官僚端本と今回帰国した中大路からの防衛省への報告で、「中国人民解放軍幹部は、武力を用いて南鳥島の軍港および飛行場の建設を目的に出航した」との情報を得ていた。

南鳥島は、第二列島線よりかなり東に位置する。ソロモン諸島、グアム、サイパンなども第二列島線上である。中国は、太平洋の西部を掌握するには南鳥島が最適であると考えたのである。八反田防衛大臣が報告を受けた時は、遼寧艦隊は既に南鳥島の西百八十キロを速度二十ノットで進行中であった。

海上自衛隊は、Ｐ３Ｃ哨戒機を直ぐに飛ばし遼寧艦隊の上空から、領海侵犯していることを警告したが、遼寧艦隊は全く無視してそのまま進んでいた。

その後、二十八日には、遼寧艦隊は南鳥島の西二キロまで近づき、艦隊六隻はともに錨を下ろした。そのまま丸一日同じ場所で碇泊していた。

南鳥島は、日本の気象庁職員、海上自衛隊員、国土交通省職員の二十数名が常駐している。しかし、年末であったため、自衛隊員二名と気象庁職員二名の合計四名を残して三日前に自衛隊機で本州へ帰還していた。中国人民解放海軍は、既にそのことは事前に調査して知っていた。

十二月二十九日早朝五時半、人民解放軍海軍の玉坎型揚陸艦から上陸用ボート二隻に海軍陸戦隊五十一名と五十二名の合計百三名を乗せて南鳥島南にある波止場へ向けて出発した。

島には、海上自衛隊隊舎と気象庁庁舎の二つの建物があるが、陸戦隊兵士は全員防弾チョッキをつけ、95タイプ自動小銃を持って、第一班は五十一名、第二班は五十二名の二組に分かれ、第一班は海上自衛隊隊舎へ、第二班は気象庁庁舎へ侵入した。

陸戦隊兵士は、前もって計画していたかのように手際良く寝ていた自衛隊員と気象庁職員を起こし、手錠をかけ拘束した。陸戦隊に同伴した通訳の一人が自衛隊員に向かって、『南鳥島は本日を持って中国人民解放軍によって占領された』と告げた。

自衛隊隊舎に掲げてあった日の丸の国旗は下され、替わりに中国国旗が掲げられた。常駐日本人達は、何が何だかわからないうちに手錠を掛けられ困惑していた。『まさか中国軍が侵攻し武力で占領するなどとは思いもよらなかった』と皆、内心思っていた。お互いに会話は厳禁されたが、食料は与えられた。また、本国への連絡は取れないように厳重に監視されていた。

P3C哨戒機からの情報で、遼寧艦隊が南鳥島近辺で三日間碇泊し、どうやら島に上陸した模様との報告を受け、島内の隊舎へ電話等の連絡を取ったが、何の応答もなかった。

しかし、島に掲げてある国旗が日の丸から中国国旗に替わっているのを確かめ、それも報告した。

報告を受けた山崎海上幕僚長は、これはただ事ではないと判断し、直ちに八反田防衛大臣へ報告を入れた。八反田防衛大臣は、更に詳細かつ正確な実情を調べるように指示した。しかし、島に常駐している日本人と全く連絡が取れないので、P３C哨戒機からの観察しかない。P３C哨戒機からは、『中国人民解放軍海軍が上陸し、常駐日本人を捕縛し監禁しているように思われる。上陸した中国人は少なくとも三十名以上が確認できた。おそらく海軍陸戦隊兵士で、一人一人が自動小銃を持っているようだ。中国人民解放軍海軍が武力で占領した模様だ』と報告した。

日本政府は、直ちに閣議を開き、安蘇信二《あそしんじ》内閣総理大臣を始め、何が起こっているのか、どう対処したらいいかを協議した。しかし、閣僚達は皆予想もしないことで、今まで経験したことがないので、どう対処したら良いか困惑した。このまま中国の実効支配を放置すれば日本の領土である南鳥島を占領されてしまう。外務省から在中日本大使館を通して中国外務省へ抗議し、何のための行動なのか知らせるように指示した。しかし、一向に何の返答もなかった。

南鳥島にある飛行場の長さは一三七〇メートルしかない。せいぜいプロペラ機か小型のジェット機くらいしか使用できない。中国軍部は、南鳥島のサンゴ礁を埋め立てて滑走路の延長を試みようと考えていた。島の周囲のサンゴ礁をすべて埋め立てれば、相当の長さの滑走路を延長できる。

また、サンゴ礁の端は、直ぐに千メートル程度の深い海が広がり、軍艦の寄港が可能になると思われる。飛行場としても軍港としても使えると目論んでいた。中国は強《したた》かにもそう考えていた。

そのため、年を開けたらサンゴ礁の埋立てを開始する予定であった。

2

橋田官房長官は、中国人民解放軍海軍による南鳥島占領の報告を受けてから、中大路に自室に来るよう指示した。中大路は、その指示を受けて、直ぐに官房長官室を訪れた。

「中大路君、南鳥島の件は知ってるだろ?」

「はい。昨日知らされました」

「この件の解決には、君や北京にいる端本君などが必要なんだよ。彼を直ぐに帰国させて八反田防衛大臣や山崎海上幕僚長を交えて対処法を考えて欲しいのだよ」

官房長官の顔は引きつっていた。相当困っている様子であった。

「わかりました。直ぐに端本とも連絡を取って帰国させます」

「武漢のコロナ騒ぎと今回の南鳥島占領とは何か関係があるんだろうか？　君はどう思っている？」

「関係はあると思います。どちらも中国政府の計画的な行動ではないでしょうか」

「そうなのか？」

「南鳥島への侵攻は、コロナ感染拡大に乗じてどさくさ紛れに起こすことが計画されていたのです」

「その証拠はあるのか？」

「ありません。が、端本が掴んでいるかも知れません」

「そうか。きょうも総理と話合いがあるが、その件も上申しておくよ。君のほうはよく相談しておいてください」

「わかりました」

そう言って、厚労省の自室へ戻り、直ぐに端本の携帯にラインを入れた。直ぐに返信があり、電話で話すことができた。官房長官との話合いの内容を告げ、帰国を促した。彼は、「直ぐに帰るから、待ってろ」と言って電話を切った。既にその内容についてはわかっていたようだ。

翌日、端本が帰国した後、四人は防衛大臣室に集合した。中大路は、コロナのことが少し落ち着きつつあるので、厚労大臣に許可をとり、新型コロナから南鳥島問題に関わることの了承を取った。既に厚労省大臣には橋田官房長官からの連絡が入っていたため難なく許可された。

会議の冒頭、八反田防衛大臣から南鳥島についての話があり、議論に入った。

「私の知っている情報では、『南鳥島は既に中国人民解放軍海軍に占領されたことは明らかである。年末年始のため、常駐日本人の数は通常より少なく四名である。ここにその名簿がある。二名は自衛隊員で二名は気象庁職員だ。中国人民解放軍は、この時期には手薄になることを予め知っていたと思われる。彼らとの連絡は取れないので、現在どうなっているか不明である。また、P3C哨戒機からのみの情報であるので、不明点が多いが、どちらかの宿舎に監禁状態だと考えられる。島内には少なくとも陸戦隊兵士三十人程度は上陸したようである』と。今までの情報はここまでだ。付け加えることがあれば、言ってくれ」

八反田防衛大臣もかなり困惑していることに間違いはない。

山崎海上幕僚長が付け加えた。

「南鳥島の周囲には遼寧航空母艦を中心に六隻の艦隊が碇泊中です。問題は、その中には大型揚陸艦も一隻加わっています。これは戦車や上陸用舟艇などを積める艦船なんです。つまり今後、多人数で上陸することを意味します。私が予想するに、人民解放軍海軍の航空基地と軍港にすべく実効支配を目的にしているのだと思います」

「中大路君と端本君はどう思う？」

「私も同じ意見です。まずは島内の状況を知りたいですね。しかし、艦隊が碇泊していて誰も近づけないのです。監禁状態の邦人を助け出すのが先決だと思いますが、方法論が……」

と、中大路は答えた。

「端本君は何かあるかな？」

「昨日まで北京に滞在していましたので、こちらの状況はまだ良くわかりませんが、中国政府は、今回の軍事行動は以前から考えていたことです。西には『一帯一路』で欧州へ向かい、東は太平洋へと覇権を拡大しようとしています。世界を二分してアメリカと中国とで覇権を争うつもりです。これは秦栄明の思惑だと思います。彼らは、日本の憲法をよく理解しています。おそらく南鳥島に侵攻しても日本は何もできないと思っています。今回の侵攻は、中国人民解放軍としては未だ何も武力を用いていないのですから……。日本を侮っているとしか思えません。

第二次世界大戦以降の日本は、アメリカの言いなりで、他国はアメリカの属国と思っているのではないでしょうか。それはそのとおりなのです。ここで日本が何もしなければ、南鳥島は中国の実効支配のままに、おそらく何かの理由をつけて、いずれ中国の領土として世界に認めさせることになるでしょう。それでいいのですか？　今は、日本の自衛隊の力を見せてもらいたいものです」

端本は、持論を力説した。日本も武力を用いて南鳥島を守るべきだとの主張であると思われる。

八反田防衛大臣としては、憲法第九条を守りつつ対処しなければならないと考えている。しかし、まずは四人の監禁邦人を返してもらわなければならない。八反田防衛大臣は、少し考えて答えた。

「中国政府に大使館を通して邦人の釈放を要求しようか？」

「まずはそうしましょう。できるだけ早くお願いします」

山崎海上幕僚長の発言は少なかったが、最後に、

「自衛隊としては、監禁された二人の自衛隊員と二人の民間人の救出を優先して、その後、南鳥島を奪還すべく遼寧航空母艦艦隊と一戦交える覚悟で準備しておきます」

と締めくくった。

八反田防衛大臣は、この会議の一部始終を安蘇総理に報告した。中国政府には、南鳥島は日本固有の領土であることを確認しつつ、まずは四人の邦人の救出とその後の武力行使も回避できない可能性もあり、その覚悟でいて欲しいと告げた。安蘇総理は八反田防衛大臣にこう言った。

「わかった。しかし、できるだけ戦争にならないように頼むよ。少なくともこちらから発砲したら終わりだよ。山崎海上幕僚長にも伝えて欲しいな。今の日本は中国と戦争になったら勝てないよ。よく考えてください」

橋田官房長官らとの会議が終わり、中大路と端本は二人だけで話し合った。

3

中大路と端本は、会議の後、霞ケ関駅近くの居酒屋で焼き鳥と生ビールを飲みながら乾杯し相談した。しかし、いくら飲んでも、会議のことで二人とも酔えるような気分ではなかった。

二人の考えは、四人の邦人救出が優先だとの意見はほぼ一致していた。しかし、その方法について名案が思いつかなかった。とにかく島の中にいる彼らとの連絡は全く取れず、島に近づくこともできない。たとえ夜間小さな船で気づかれないように上陸できても、上陸後に陸戦隊兵士に発見されればおそらく交戦になる。向こうの人数は少なくとも三十人はいる。そう考えると武力での邦人奪還は不可能に近い。全く不可能ではないにしても、やるとなると戦争状態になる。

それより海軍指導部よりもっと上のレベルでの政治的な交渉による解放が最も現実的でかつ生命の安全性も保たれる。すなわち安蘇総理から中国政府への邦人四人の解放と占領に対する抗議、人民解放軍海軍の南鳥島からの撤退の要求がまず必要であるとの結論に達した。

二人の意見は、翌日、八反田防衛大臣に報告した。防衛大臣も安蘇総理と相談するとのことであった。

南鳥島占領

年が明けた一月二日、中国陸戦隊は、邦人四名を上陸用ボートに乗せて遼寧航空母艦に向かい、遼寧に乗艦させた。彼らを一時的に遼寧の中の空いていた士官室に監禁し、その後中国本土へ輸送するつもりになったようだ。こうなると日本としては手も足も出せなくなった。また、陸戦隊は、島の中にある卵形の標識『日本最東端 南鳥島』を『中国最東端 南鳥島』と書き換えた。さらに、島周囲のサンゴ礁を埋め立てる準備を着々と進めた。

一月中旬には、日本が手を拱《こまね》いているうちに、サンゴ礁の地盤改良などを目的にボーリングをしている様子が見受けられた。これは、P3C哨戒機の上空からの様子とアメリカの衛星画像の拡大写真からもほぼ確実であると考えられた。

一方、「中国人民解放軍海軍による南鳥島占領の報告を受けた」とアメリカのベンソン大統領と国防省は激怒した。

南鳥島は、歴史的にも一八六四年アメリカ合衆国のモーニングスター号が上陸し、マーカス島と命名したのが始まりで、その後一八七九年日本人の斉藤清左衛門《さいとうせいざえもん》が上陸し開拓した。そこから日本が実効支配している。

すなわち、どこの国が最初に発見し上陸したのかが優先されるようだ。中国がそれより前に発見したと言えば、今回の占領も正当化できるのである。おそらくこの後中国政府からそのような声明が出されるのは目に見えている。

アメリカインド太平洋軍の要は、パールハーバーの艦隊とグアム、フィリピン、沖縄などの基地である。今回の行動は、その中に中国軍がキリで穴を開けるような軍事行動である。アメリカとしては絶対に許容できない行動である。したがって、日本が何もしなければ、アメリカ軍が日米安保条約に基づいて侵攻するかも知れない。

安蘇総理は、アメリカのベンソン大統領と電話で通訳をつけて一時間にわたり会談を行なった。「中国は、南鳥島周辺の海底に埋蔵されているレアメタルを狙っているのだろう」との認識で一致した。

安蘇総理もベンソン大統領も、いよいよ武力行使せざるを得ないと考えていた。また、世界は新型コロナ感染拡大が落ち着いたとは言えず、特に感染死者数が多かったヨーロッパは、中国の南鳥島占領問題にはあまり興味を示さなかった。両国間で解決すべき事案だとのコメントを出す国がほとんどであった。

中大路と端本は、再び話合いの場を設けた。

「俺は、あまり長い期間放置すると既成事実化して、取返しがつかないことになりそうな気がするんだよなぁ」

中大路は、頭を両手で掻きむしりながら言った。

「俺も同感だ。武力を使うしかないと思う」

「どうにかならないのか？　端本！」

「そうだなぁ……方法としては……島に上陸するには海からか空からかのどちらかだよな。あれだけ艦船が島の周囲を囲んでいるのだから発見されずに船で上陸するのは難しいなぁ。あるいは空からとすると飛行場に飛行機を使って兵士を運ぶことも不可能だろう」

と端本も考えあぐねていた。

「こういうのはどうだ？　落下傘で上陸するのは？」

中大路も端本も兵士の動かし方などは全く素人だが、その方法について専門家に訊いてみようとのことで一致した。八反田防衛大臣を通して習志野駐屯地の第一空挺団の一ノ瀬《いちのせ》敬《たかし》団長を紹介された。中大路と端本の二人は直ぐに連絡を取り、千葉県船橋市にある第一空挺団に向かった。

一ノ瀬は、団長室がある建物の前で待っていてくれて、団長室に案内してくれた。中大路は、部屋に入るなり直ぐに本題に入った。時間の余裕などはなかったからだ。

「一ノ瀬団長！　教えていただきたいのですが、既にご存知のことと思いますが、南鳥島占領の件です。あそこはわが国固有の領土です。中国人民解放軍海軍の陸戦隊が実効支配しています。それを取り戻す方法としてパラシュート部隊が最適だと思いますが、いかがでしょうか？」

「はい。南鳥島は小さな島ですよね。地形を調べてみましたが、三角形で一辺が約二キロ、滑走路も千三百メートルでしたね？　やるとしたら夜ですね。しかも、陸戦隊兵士がぐっすりと寝ている時間。明け方少し前の三時くらいでしょうか？　相手の人数は三十から五十人いるとすると、こちらもそれ以上の兵士を用意しなければなりません。しかも、戦闘状態になることは必須だと思います。一機で三十人として、二機で六十人は少なくとも用意する必要があると考えます。しかも、狭い領域に着地となると、低空で落下しなければなりません。通常は千五百メートル程度必要ですが、今回は五、六百メートルの高さからの落下になると思われ、熟練を要することと、彼らをすべて壊滅状態にできたとしても、周囲の艦船から直ぐに応援が来るでしょうし、いろいろな点で問題はかなり多いと思います。しかし、われわれは陸上自衛隊の空挺団ですので、陸上自衛隊幕僚長がやれと言えばやります。もっとも、私としては隊員の多くを失う覚悟でやらなければなりません」

一ノ瀬は、南鳥島の拡大地図を見ながら、眉間に皺を寄せてゆっくり答えた。明らかに無理な計画であると思っているのがよくわかった。

「よくわかりました。パラシュート部隊でできることは少ないということですね？」

「やれないことはないと思います。しかし、万が一島を奪還できたとして、その後どうするかなんですよ。わずかな日本自衛隊員を残して中国人民解放軍海軍はそのまま黙っているかということです」

やはり、もう一度よく検討してから来てくれという言い方であった。

「わかりました。問題点は多いということですね。もう一度幕僚長等と相談して、再度、まいります」

「そうですか。しかし、言っておきますが、われわれは上の者の命令には逆らえません。その点をご承知ください。今回の戦略も幕僚長の命令があれば、その方法を熟慮いたします」

中大路と端本は、落胆し、また自分達の短絡的な思考を単刀直入に話したことを少し後悔した。

4

日本政府は、オランダのハーグにある国際裁判所に提訴した。国際裁判所は、「明らかに中国は日本に対する侵略であり許されない行為である」とした。それに対して中国政府は、日本が最初に南鳥島を発見したとする一八七九年の六十五年前の一八一四年、当時の清国の高官、秦哩興《しんりこう》が発見して上陸を果たした。上陸時に中国国旗を掲げ東遠島《とうえんとう》と命名したが、その後日本によって取り外されたと反論した。そのことは中国政府の極秘文書に記載されている。したがって、南鳥島は本来、中国の領土であり、日本は今まで違法に占拠していたと国際裁判所には主張した。

しかし、アメリカベンソン大統領は、中国の南鳥島侵攻には正義はないとして、日本との安保条約を基に、パールハーバーに碇泊中の第七艦隊に出動命令を出した。指揮官のいる揚陸艦ブルーリッジ、航空母艦ロナルド・レーガンを中心とする艦船二十三隻がパールハーバーを出航した。

パールハーバーから南鳥島までは三千キロメートルは離れている。その事実は、アメリカ国防省から日本政府へ通達が入り、安蘇総理以下の緊急閣議決定で八反田防衛大臣を通じて日本政府もやむなく海上自衛隊の出動を決定した。立憲民主党や共産党などの野党は猛烈に反対したが、中国の南鳥島侵攻に対する対案がなく、平和的な交渉のみでは問題解決にはならないとした。

一方、国民からの世論の動向も、緊急アンケート調査から政府の方針に約七割は賛成であった。結果として野党もその方針を認めざるを得なかった。憲法上は今回の事変は中国の侵略的行為でそれに対する自衛として、憲法九条に抵触しないと考えた。

日本は、ヘリコプター搭載護衛艦の「いずも」を中心とした六隻からなる艦隊を編成し、南鳥島へ向かった。中大路と端本も山崎幕僚長に頼み「いずも」に乗船させてもらい、戦闘指揮所で艦長と共に情勢を観察することが許された。

アメリカ第七艦隊と日本海上自衛隊艦隊は、二日後には南鳥島近辺に到着し、中国艦隊が碇泊している南側の反対側、すなわち北側から東側に碇泊した。日米合計二十九隻になった。中国人民解放軍海軍は既にそのことを事前に知っていたが、発砲や航空機の発艦などは行わず、静観しているという感じであった。

日本海上自衛隊は、中国人民解放軍海軍に対して即刻島内の陸戦隊兵士の退去を要求すると打電した。その中で三日間の猶予を与え、もしその間退去しない場合は武力により島へ上陸し、奪還のため交戦もやむを得ずとした。その場合には貴兵士に対して発砲し、多数の死亡者が出ることもあり得ることを告げた。

それに対して中国人民解放軍海軍は、何の返信もなく、艦船もそのまま碇泊し、無視を続けていた。島内の兵士達も淡々と業務をこなしているようであった。サンゴ礁の地質調査も行っているように見えた。中国側は日本政府が三日間の猶予を与えたにもかかわらず、何の返答もなかった。

翌年一月二十日未明、日本海上自衛隊艦隊の揚陸艦「おおすみ」からホバークラフト型輸送艇二隻が出動、その中に輸送用トラック合計六台、一台につき十五人ずつ九十人の海上自衛隊揚陸隊を乗せて島の北の鼻、黒井崎へ向かった。早朝四時半に二隻の輸送艇は黒井崎のサンゴ礁の浅瀬に着けた。

そこから輸送用トラックが次々と上陸した。A輸送艇から上陸したトラックは、陸戦隊兵士を乗せたまま島の西側、B輸送艇は東側へ向かった。西側のAトラックは、飛行場の滑走路の上を走り、海上保安庁施設へ、東側のBトラックは海上自衛隊・気象庁施設へ向かった。

それぞれ隊員数は半々で、トラックを降りて、施設を取り囲もうと施設へそろそろと前進した。早朝でまだ薄暗いのにも関わらず、トラックのエンジンの音で気象庁施設にいた人民解放軍は、それに気がついて施設建物の中から小銃を発砲してきた。海上保安庁施設でもやはり施設内から人民解放軍は発砲してきた。それを合図に戦闘状態に入った。

人民解放軍は、当初、五十人の兵士数であったが、この時は半数以下に減っていて、残りは夜間、揚陸艦に帰っていた。そのため兵士人数の点で人民解放軍の反撃は思ったより激しくはなく、発砲開始後約二十分で人民解放軍二十名は武器を捨てて、両手を上げて投降した。日本の揚陸隊員も人民解放軍も死亡者は出なかったが、日本人の隊員一名と人民解放軍三名が銃弾に当たり負傷した。いずれも生命には別状はなく大きな問題にはならなかった。

投降した人民解放軍の二十名は、北側にある海上自衛隊・気象庁施設に移され、監禁された。翌日、司令部は、中国人民解放軍の階級上位者四名を残して残りを解放することを決めた。先に日本人が拉致されて遼寧航空母艦に監禁されている人数に合わせた形になった。

中国人民解放軍は、日本の出方やアメリカ第七艦隊の出動に意外性を感じたように思えた。そこまでやるとは思わなかったようだ。できないと高を括っていた。彼らの予想の範疇を超えていたのだった。島の南側にあった中国国旗が降ろされ、日の丸が再び上がった。遼寧からはそれがはっきりと見えた筈だが、それに対して反撃や次の行動に移る気配を見せなかった。

アメリカ第七艦隊も出動し、南鳥島の近辺まで来て緊張状態であることは既にわかっている。日米合わせた艦船の数も中国の五倍だ。空母の搭載戦闘機数も倍以上多い。戦闘状態になったら人民解放軍海軍の敗戦は必至だ。中国海軍の司令部はそう考えた。このまま戦闘状態に入れば、第三次世界大戦に発展する可能性もあり得る。そこまではやれない。秦栄明総書記からもそこまではやらないようにとの打電が来ている。ここは中国のメンツなどは考えず、次の機会を待って作戦を練ろうとした。

さらに、遼寧に監禁されていた四人の邦人と日本側が監禁している四人と交換する約束をし、二十二日には島の北側にある海上自衛隊・気象庁施設に人民解放軍海軍の王讃明《おうさんめい》司令長官以下五名の将官、将校が下士官と共に、邦人四人を伴いボートで上陸した。

日本側は、海上自衛隊の山崎幕僚長以下幹部を伴い、施設内での捕虜の交換と調印式に臨んだ。中大路と端本も調印式に同行した。また、アメリカ第七艦隊は、ウィリアム・フリーダム司令官を始め、十名の佐官、尉官を伴い調印式の立合い国として参加した。

日本は、調印式での両国間の合意内容を確認して驚いた。調印文書は前もって両国間の合意を確認した上で調印式に臨むのが当然であるが、今回は全く事前に通達はなかった。その内容の概要は、次のようであった。

① 南鳥島（中国名は東遠島）は、歴史的に見てもともと中国領土であるが、島の命名は南鳥島とすることを許可する。

② 日本と中国の両国国旗を掲げ、島の南に設置してある標識には中国最東端も付け加えて標記する。

③ 島周囲の埋立ては中国側で行い、両国艦船が帰港できる軍港と滑走路の延長に関わる整備を行う。

④ 滑走路は、中国と日本と両方で使用できるようにする。

⑤ 中国は、日本に対して十兆円の経済協力金の支払いを行う。

⑥ 南鳥島の経済排他的地域の海底資源に関しては、今後両国の話合いで計画的に進める。

⑦ 南鳥島の駐在員は、日本側は従来どおりで、中国側も五人の駐在員を設け、滞在施設は中国側が別個に建設する。

この内容は、中国側が勝手に考えたもので、内容からすると十兆円を支払って南鳥島の権益を半分ずつ使用するというものだ。彼らは、勝手に島に上陸し、勝手に軍事基地として使いたい。その見返りに十兆円を支払うということなのか？　金の力で南鳥島を寄越せということか？　何たる品のなさだ。呆れてものが言えない。

しかし、その間にも中国人民解放軍は着々と埋め立て工事を進めている。中大路と端本は、調印式の合意文書を読み、調印はしないように八反田幕僚長へ進言した。八反田幕僚長は、衛星電話で安蘇総理と山崎防衛大臣に連絡を取り、調印式の合意文書について説明した。安蘇総理からも調印は待てとの指示があった。

調印式に当たり、文書の解釈について調印するかどうか議論があることは承知である。しかし、事は急を要した。

調印式の責任者は、山崎幕僚長である。このような国と国の調印に関する権限は、やはり少なくとも安蘇総理の許可が必要である。しかし、この場をまとめるにはこの方法しかない。山崎幕僚長はこの場では全権大使である。日本にしてみれば、全く青天の霹靂なのだ。この調印式に署名しなければ、中国との全面戦争に陥る可能性もある。一旦は収まっても、中国の出方からすると、さらに艦船を増やし、兵力を増強し侵攻してくるに違いない。山崎幕僚長は、そう考えて中国との穏便な方法を選択した。

中大路や端本もただただ見ているだけであった。その結果、日本側は、調印式に臨み署名をした。

合意文書の発効は、四月一日からとなっていたので、中国の遼寧艦隊は四人の兵士を引き取り、本国へ帰国を開始した。同時にアメリカ第七艦隊もパールハーバーへ向かって帰還の途についた。

日本の海上自衛隊は調印式の翌日も南鳥島の北部に碇泊し、中国艦船が再び島に向かって進んで来ないことを確認してから本国に帰港した。

事件と捜査

1

二月十五日午前九時半頃、千葉県船橋市日の出のマリーンクラブ近くの海岸で、男性死体が体を下に向けて浮いているのが発見された。発見したのは、海岸近くに住む犬を連れて散歩していた若い女性で、直ぐに一一〇番通報した。

連絡を受けた船橋署は、鑑識課員も伴い臨場した。現場検証において、遺体は自衛隊制服を着ていて、自衛隊身分証明証を持っていたので身元は直ぐに判明した。被害者は、海上自衛隊山崎幕僚長、五十九歳であった。腹部に刺創があり、血液が付着していたため、何者かによって殺害されたことが一目でわかった。

山崎幕僚長は、海上自衛隊のトップであり、先日の南鳥島での調印式に署名した本人である。千葉県警は、被害者が国の重要人物との認識で、しかも殺人事件とのことで、警視総監を通じて警視庁捜査一課が船橋署に捜査本部を立ち上げた。捜査の指揮官には、事件の重要性から、捜査一課課長の高桑英治《たかくわえいじ》警視正が任命された。直ちに捜査会議が開かれた。

遺体は、千葉大学法医学教室で司法解剖が行われた。推定死亡時刻は、遺体発見の前日の十四日の午後八時から十時の間と推定された。また、死因については、臍から十二センチ右側の刺創から、刃渡りの長いもので刺され、そのため腹部大動脈が裂けてそこからの出血多量で死亡したものと考えられた。

捜査本部では、被害者の死亡推定時刻前後の目撃者探しと当日の足取りの聞取りに重点を置いて捜査を開始した。また、一方では、南鳥島の占領に関して調印式の署名を行なった本人であることから、政治的な目的で殺害を試みた可能性なども考えて、聞取り開始した。しかし、事件当日の目撃者は見つからなかった。

事件後三日後に、ＳＮＳで『日本を売り渡した山崎は許せない。当然の報いだ』との書込みがあり、炎上した。中でも、その書込みを擁護するコメントが多かった。そのため、捜査本部は、個人的な殺害動機ではなく、政治的な動機からの犯行の可能性が高いと考えた。

山崎幕僚長は、生活態度は真面目で、大きなスキャンダルめいた噂もなく、家庭も円満で、個人的な恨みなどで殺害されることは考え難い。それよりも、今回の中国の南鳥島占領を許した山崎幕僚長の調印に反感を持った者の犯行であると考えられた。

山崎幕僚長の殺害当日の十四日の足取りについては、当日、朝八時から習志野駐屯地を訪問して、船橋海上自衛隊の視察を行なったことがわかった。視察が終わったのは午後一時で、その後駐屯地で幹部と食事を採り、来賓室で一人、休息を取った。その後は、所用があると告げて、午後三時まで駐屯地に滞在していた。その後の行動については不明であったが、おそらくその後誰かと会った可能性も出てきた。

山崎幕僚長のスマホを調べた結果、三時半前後の着信では、個人の携帯からのものはなく、防衛省の固定電話からの三件のみであった。電話で呼び出されたとすると、もしかしたら防衛省内部かその関係の人間かも知れないとも考えられる。

防衛省内部でも、今回の調印については約六～七割は反対であった。しかし、八反田防衛大臣も含めて、中国との全面戦争を避けるには妥当な調印だったとする意見も決して少なくはなかった。

中大路は、山崎幕僚長殺害事件をテレビで知った。彼自身も調印式に臨み、この条件で調印署名していいのかと思っていた。日本にとっては全く降って湧いたことなのだ。中国が突然攻めてきて侵略し、最終的には南鳥島を日本と中国と半分ずつ使うということだ。中国はそれに対して十兆円支払った。つまり、中国は、金で南鳥島の半分を手に入れたことになる。中大路のみならず、日本人なら皆同じように感じる筈だ。犯人は、それに対して天罰を下したと言いたいのだろう。警察は、犯人の特定について攻めあぐねていた。

2

二月二十二日午後五時、新宿区にある防衛省の防衛大臣室で爆発が起こった。防衛大臣室は、防衛省ビルの八階のエレベーターの近くにある。そこに花火が近くで爆発したような「ドーン」という地響きを伴う大きな音がして、大臣室のドアが吹き飛んだ。窓側のガラスは、周辺の部屋も含めて全部割れ、破片が地上まで落ちていた。防衛大臣室の両隣の秘書室と会議室の壁も半分は破壊され、大臣室の机、ソファー、本棚など室内にあったものはすべて粉々になった。

幸い、八反田防衛大臣は、予定にはなかった緊急の召集が安蘇総理から入ったため、部屋には不在で、被害には遭わなかった。廊下を歩いていた防衛省職員の一人が爆風に飛ばされ反対側の壁に当たり腰を打撲し、また顔に壁が吹き飛んだ時の破片が当たり出血したが、軽症であった。

爆破後、直ぐに新宿署に連絡が入り、十名の署員が駆けつけた。また、別に連絡を受けた警視庁捜査一課の刑事も臨場した。

たとえ防衛省であっても、この爆破は、防衛大臣を狙った殺人未遂事件として警察が扱う事例であることは間違いない。閣僚を狙った殺人未遂事件のため、国家公安委員長と警視総監からの指令で、警視庁捜査一課および新宿署との合同捜査本部が新宿署内に設置された。

警視庁捜査一課は、二月十五日発見された山崎幕僚長の刺殺遺体事件と二十二日の八反田防衛大臣を狙った爆破事件は、今までの経過から明らかに中国との調印式に反発したものの犯行であるとほぼ断定して良いと考えた。

その結果、山崎幕僚長殺人事件の捜査本部A班と防衛省爆破事件の捜査本部B班は、別個に捜査を行うが、お互いに情報を共有することを確認し合うことになった。

捜査本部A班の調べでは、まず遺体発見現場近くのマリーンクラブへの聞取りを既に行っていた。その話によると、遺体発見の前夜、つまり殺害時刻と思われる午後十時頃に、マリーンクラブのオーナーが、たまたま夜遅くなって、仕事を終えて帰宅するため車に乗ろうとした時、海岸のほうで何か大きなものが海に落ちたような『バシャーン』という音がしたのを聞いた。しかし何が落ちたのか暗くて確認はしなかったとの情報を掴んでいた。

その場所の正確な位置はわからなかったが、マリーンクラブから京葉線陸橋と湾岸道路方面から音が聞こえたので、A班はもしかしたら湾岸道路周辺の道路から誰かに刺された後、投げ落とされたのかも知れないと推理した。

また、遺体周辺の海中を探索した結果、犯行に使用されたと思われる刃の長い和包丁が発見された。鑑識で調べたところ山崎幕僚長の刺創と一致した。その和包丁は、比較的新しく、『鮮やか』というブランド品で、柄の部分は檜で作られており、日本橋の有名店でしか販売されていないものであった。

担当刑事は、当該店をあたり、過去一年間の購入履歴を調べた。全部で二十三件あり、住所、氏名、電話番号などが控えてあったので、一件ずつその和包丁が紛失されてないか地道に確認作業を行った。そのうち二十二件はすべて購入者の手元にあることが確認できた。残った一件は、日本橋の鮨屋の店長が購入したものであった。

その店長は、

「折角高いお金を出して買ったもので、切れ味も最高だったのに、いつの間にかなくなっていたので、古い包丁を使っていたんですよ」

と言った。さらに、黙って持って行った人の心当たりはないかとの質問にこう答えた。

「いやぁ、うちには修行中の若い奴らが何人かいて、その中には手癖の悪いのもいるんですよ。皆、学校とか出ていませんからね。田舎から中学卒業で上京してきたのも多いんです。給料だって安いですよ」

刑事は、追及を続けた。

「ここだけの話でいいですので、お話していただけませんかね?」

「まぁ、怪しい奴はいますよ」

「名前を教えていただけませんか？」

自分の部下を疑うのは性に合わないと思っている風であったが、次のようなやりとりがあった。

「志乃川豪《しのかわごう》という若い奴で、つい最近辞めました」

「いつ辞めたのですか？」

「ちょっと待ってください」

奥に引っ込んで、書類か何かを見ているらしく、ペラペラと音がしていた。直ぐに戻って、

「二月の初め頃ですね。二月十日付です」

と言った。

「あぁ、そうですか」

担当刑事は、被害者が殺害されたのが十四日だから、その志乃川は容疑者として成り立つようだなと思った。

さらに、志乃川についての周囲の聞取りでは、鮨屋の同僚の話から、今は山口系暴力団の準構成員になっているようであった。いわゆる街のチンピラである。鮨屋の主人と言合

いになり飛び出した。以前から柄が悪く注意されていたが、とうとう我慢ができなくなり出て行ったらしい。

捜査A班は、志乃川の身柄を拘束すべく住んでいるアパートを捜索したが、見つからなかった。部屋の様子や隣りの住人の話では、一か月前くらいから見かけてないとのことであった。

一方、捜査B班の調べでは、用いられた爆弾は時限装置付のパイプ爆弾であることがわかった。爆発した防衛大臣室には小さい釘が散乱していて、殺傷力を高めるためにパイプ内に釘を入れていたと思われた。テロでよく用いられる方法である。

しかし、爆破が防衛省本部であり、セキュリティーが極めて高い場所であるので、見知らぬ者が外部から侵入することは容易ではない。そのため、内部の人間の犯行かあるいは少なくとも内部の協力者がいる可能性が浮上した。しかも、爆破は防衛大臣を狙ったものであるため、大臣の毎日の予定を知っていなければならない。それを知り得る人間は多くはないと考えた。

防衛省内部には、防犯カメラが多数設置してあり、捜査B班は大臣室の周辺のビデオの確認作業を行なった。爆破前日の二十一日は日曜日であったが、カメラは始動しており確認できた。

ビデオには、二十一日の夜十一時頃、黒い眼なし帽を被った黒ずくめの男、おそらく男が大臣室に難なく侵入するのが映っていた。その他にはその黒ずくめの男は映っておらず、防犯カメラを意識した行動をとったようであった。また、部屋に侵入する時はいきなりドアを開け、すんなりと入った。それからすると、おそらく部屋のドアは鍵がかかっていなかったと思われた。

爆発の影響で最も激しく破壊された場所は、大臣の机の下あたりであった。それらのことから捜査B班は、内部の手引きにより計画的に爆破物を仕掛けたが、大臣の緊急の予定のため目的を達することができなかったと考えた。内部の協力者としては、大臣の日々の予定を良く知る者、大臣室の鍵を容易に開けることができる者、また調印式の署名に反対した者などに絞って捜査を続けた。

今回の海上自衛隊山崎幕僚長の調印式での署名に対しては、陸上自衛隊の幹部は内心では快く思っていなかったのは事実である。このことは、捜査B班による聞取りで明らかになった。

特に長野又和夫《ながのまたかずお》陸上自衛隊幕僚長の反対は激しく、調印式での署名の件の連絡を受けた時は机を叩いて怒ったと聞いていた。しかし、その時には既に調印式は終わっていて、どうにもならなかった。

長野又幕僚長は、直ぐに八反田防衛大臣に直訴したが、もう終わったことだからあまり騒ぐなと冷たく言われたそうだ。もともと八反田防衛大臣は、長野又陸上自衛隊幕僚長より山崎海上自衛隊幕僚長を仕事の面で買っていた。

中大路は、久しぶりに端本と飲んだ。端本は、かなり憤慨している様子だった。酒が進んでどんどんと本音を出してきたような感じであった。いつもの霞が関の行きつけの居酒屋だ。二人は、いつもまずは生ビールで乾杯するのだが、やはり二月の一番寒い時期では焼酎の温かいお湯割りが良い。二人とも酒には相当強い。中大路も、今は端本が一番自分をわかってくれて、話が合う。

「なぁ、中大路！　お前どう思う？　今回の事件は……」

「どうって？　わからんよ。二つとも中国に対する日本のやり方に不満があった者の犯行だろう。それ以外には考えられないと思うがなぁ」

「そうだよなぁ。国民の大半は、今回の調印式での署名は何故？　という気持ちがあるんじゃぁないか？　結果として、中国に南鳥島を金で売り渡したことになった訳だからなぁ。

俺達は、その場にいて見ていた訳なんだよなあ？　お前はどう思った？　あの時……」

「うむ……、この内容で署名するのかと思ったよ。しかし、署名しなければ戦争になる可能性もあったよな？　時間もなかったしな」

「現場ではそれをひしひしと感じたよ」

その点では、二人とも持った感触は同じだった。あの時は一触即発だった。アメリカ第七艦隊もすぐそこまで来ていた。中大路は続けた。

「今回の事件はおそらく……、うむ、調印について右翼の国粋主義的な連中には耐えられないものだろう。その辺かなぁ？　陸上自衛隊の中にもそれに近い隊員がいると聞いているがなぁ……。それに海上自衛隊と陸上自衛隊の確執みたいなものがあったのかもな？」

「そうか。その連中のテロとも考えられるよな？」

「その連中とは？」

「う……ん、右翼とか陸上自衛隊なら誰かとか……だな」

「そうだな。まぁ、捜査は、警視庁捜査一課が本腰を入れているので、その捜査を見守っていくしかないな。われわれには何もできないよ」

「それにしても、最近の中国はちょっと酷いんじゃないか？」

「中国指導部は、アメリカとの覇権争いに負けまいとしているようだな。今回の新型コロナ感染拡大も生物兵器として使用するためだったんだよな？」

「アメリカもベンソン大統領になってから変わってきたんだよ。以前オバマさんの時は世界の警察とか言って世界各国の中で指導的役割を持っていたんだがなぁ。急に自国優先主義になった感じだよ」

「そういうことだ」

二人の考えは、面白いほど一致していた。価値観も同じだ。

しかし、二人の思惑とは反対に、海上幕僚長殺害事件も防衛省爆破事件も同じように捜査一課の捜査は進展しなかった。中大路にとっても、警視総監を始め警視庁上層部はこの二つの事件に対しては、どうももう一つ積極的になっていない感じがした。

3

国政はどうかというと、安蘇内閣は、今回の一連の事件、すなわち新型コロナ感染症、中国人民解放軍海軍による南鳥島の侵攻、それに引続き国内では山崎海上幕僚長の殺害、防衛省爆破事件など、いずれも国民の共感を得られる解決策が行われなかった。そのため、二か月前から内閣支持率が徐々に低下し、一桁にまで下落して内閣を維持していく力が極端に低下した。

安蘇内閣総理大臣は、止むを得ず、周囲の閣僚からの反対にもかかわらず、衆議院の解散を表明した。自由民主党の敗北は目に見えていたが、安蘇内閣総理大臣のイチかバチかの選択であった。その結果、四月の終りに衆議院総選挙が行われることとなった。

一方、立憲民主党や国民民主党などの野党の頼りなさが目立ち、次期政権はどのような体制で行われるのか皆目見当がつかず、予想不可能な状態に陥った。マスコミ報道でも、各政党の支持率は軒並み低下し、支持政党なしが六十パーセント以上を占め、異常事態の様相を呈してきた。

その中で自由民主党は、総選挙期間の直前で分裂し、現政権の安蘇総理大臣派と若干三十九歳の中泉優一郎《なかいずみゆういちろう》環境大臣を中心に据えた中泉派との争いが全面に表れた。中泉は、若く、見た目もカッコよく、話し方も切れ味が抜群で、以前から国民からの圧倒的支持を得ていた。中泉派は、それを見越してトップの顔に立てたのである。

また、今まで自由民主党に寄り添って政権を支えていた公明党も右派と左派に分かれて、今まで安蘇内閣を支持していた左派と新型コロナ感染症対策に不満を持ち、南鳥島問題についても政府の手緩いやり方に批判的な右派に分かれて総選挙に突入した。

総選挙の前に各政党派閥の長の討論が度々行われた。注目は、安蘇内閣総理大臣と中泉優一郎環境大臣の討論の内容であった。安蘇総理大臣は、対中国には柔軟な対応を示したが、中泉環境大臣は強攻策を打ち出した。

中泉は、このまま中国を放置すれば、南鳥島だけではなく小笠原諸島などへも、もっともらしい理由をつけて侵攻するに違いない。今のうちにわが国の軍事力を発揮し、阻止する方向に舵を切らなければならないと強調した。

国民のほとんどは、今回の中国による南鳥島侵攻に対するわが国の対応について大きな不満を持っていた。『何故黙って見ているのか？　金で領土を売り渡した』と思っていた。そのため、中泉の主張は、国民の感情に寄り添うものであった。それらの感情は、自由民主党のみならず、共産党以外のすべての党内に対中国政策強行論が渦巻いていた。それは、中国の侵略から守ることになるわけで、憲法九条にも抵触しないはずだ。以前から安蘇総理大臣は、党内ではタカ派に属する右寄りの考えを持っていたが、今回の事件ではさらに右寄りの党員が増える状況になってきた。

四月の最終週の日曜日に衆議院議員総選挙の投票が行われた。即日開票が行われ、投票率は今までにないくらい高く、八十二パーセントにも達した。

投票前の各党の議席は、総数四百六十五に対して自由民主党は二百八十五、立憲民主党・国民民主党などで百十九、公明党二十九、その他で自由民主党と公明党を合わせると三分の二を僅かではあったが超えていた。

しかし、今回の投票結果では、自由民主党は議席数を大幅に減らし、二百三十となり、五十五議席も減らした。特に小選挙区での減少が目立った。それらの中で、大阪の日本維新の会の議席数が六十五議席を獲得した。新型コロナ感染症での吉中和文《よしなかかずふみ》大阪府知事の迅速なわかりやすい政策に人々が共感した結果と考えられた。また、維新の会の元代表の橋中守《はしなかまもる》氏の対中国への過激な思想が現状の体制への不満となって支持を受けたと思われた。

また、自由民主党は、議席数を大幅に減らしたものの、公明党と合わせると二百五十九と過半数を占めていたが、党内で安蘇派と中泉派に分裂した。したがって、総選挙後の内閣総理大臣の指名投票において、自由民主党内で統一した候補者を立てられなくなった。その中で、対中国強行論の中泉派百五十に公明党十八、立憲民主党二十、国民民主党二十五の半数以上と日本維新の会六十五の全員を合わせた二百七十八が中泉優一郎を内閣総理大臣に指名した。

結局、議員数からすると自由民主党の中泉派、日本維新の会、国民民主党、立憲民主党、公明党の順での中泉優一郎を総理大臣とする連立政権が樹立することになった。そのため、安蘇直前総理大臣は失脚したことで、その時の閣僚は一掃された。

中泉新総理大臣は、アメリカとの軍事同盟を更に強化し、中国からの軍事侵攻に備えた。また前回の南鳥島で行われた調印式を白紙に戻すため、国際司法裁判所に提訴し、中国からの十兆円の借款は返還した。

それとともに中泉総理大臣は、現在最も重要なポジションと位置付けた防衛大臣として山名毅《やまなたけし》を指名した。山名は、四十五歳で中泉総理より年長であるが、政策などは似通っていて、特に対中国政策に関しては同じ方向を向いていた。

中大路と端本は、中泉総理から依頼され、中大路は山名防衛大臣の補佐官、端本は防衛大臣政務官に任命された。すなわち今後、起こることが予想される対中国戦略の要のポストである。

4

政権が変わったことによって、警視庁捜査一課の捜査も、今まで消極的であった上層部の方針もガラッと変わり、犯人の特定を急ぐように命令が下った。高桑捜査一課長の指示により、捜査A班は、山崎海上幕僚長の殺害犯の容疑者である志之川豪の全国指名手配に踏み切った。

指名手配を開始して一週間でいくつかの情報が入手できた。その中でも信憑性のあるものの中に、群馬県伊香保温泉の『双葉』という旅館にいるという顔写真入りの情報が入った。その情報を伝えてきたのは旅館『双葉』の女将で、話の内容は真実性があったため、捜査一課の刑事二人が伊香保温泉へ向かった。

志之川は、女将がまさか警察に連絡しているとは夢にも思わず、刑事が現れてびっくりしたようであった。しかし、逃げるわけではなく、刑事の連行に対しては従順であった。志之川は、そのまま刑事達に付き添われて車で警視庁へ連行された。

志之川の事情聴取では、死体遺棄現場で海に投げ捨てた証拠の包丁を見せられ、簡単に山崎海上幕僚長の殺害を認めた。志之川の事情聴取を担当したのはベテランの石場涼介《いしばりょうすけ》刑事であった。志之川が素直に話し始めたので、続けて尋ねた。

「ところで、お前、やったのはいつ、どこでだ」

「二十四日です。六時頃だったと思います。場所は習志野駐屯地から出て、成田街道を少し走ったところでの車の中です」

殺害現場については、もう少し詳しく訊くつもりだった。しかし、もっと不思議に思ったことを先に訊いた。

「ふ…ん。お前なんかが呼び出して被害者がよくついてきたな?」

「……」

志之川は、答え難そうに、口を曲げて、頭を両手でポリポリと掻いた。

「どうやって呼び出したんだ?」

志之川は、警察はもうすべて知っているのだろうと考え、隠しても無駄だと思った。やったのは一人だけだし、命令されてやったのだ。また、素直に自供すれば早く出てこられると頭の中で計算した。

「電話で呼び出してもらったんです」

「誰にだ?」

「防衛省の人です」

「防衛省の誰だ?」

「名前はわかりません。組の兄貴分からメモを渡され、そのとおりやるように言われたたんです。金ももらいました。兄貴からは、真面目に勤めれば五、六年で仮出所できると言われました」

「お前なぁ、そんな甘くないんだよ。人一人殺してるんだぞ。ばかか、お前は……。良いように利用されたんだよ。少なくとも十五年は出てこられないぞ。皆吐いたらどうだ。そしたらもっと少なくて済むかも知れんな。ところで、いくらもらったんだ？」

「五百万円です」

　志之川は、ある意味では単純な奴であった。

「メモには何て書いてあったんだ？」

「『駐屯地の玄関で待っていろ。そして、被害者を車に乗せろ』です。しばらく待っていたら出てきて、こっちに向かって歩いてきました。電話で知らされていたらしく、車の運転席の窓ガラスをトントンと叩いたので、自分は直ぐに車から降りて後ろに回り、助手席の後のシートに乗せ、出発しました」

「被害者とは車の中で何か話したのか？」

「はい。出発してしばらくしてから、長野幕僚長はどこで待っているのか？　と訪ねてきました」

石場は、長野幕僚長って誰だ？　陸上自衛隊幕僚長か？　と思った。

「それで、お前は何て答えたのだ？」

「都内の帝国ホテルですと答えたんです。そしたら『そうか』と言ったまま、黙っていました。目を瞑っていたようでした。車に乗せてから用意しておいたホットの缶コーヒーに睡眠薬を入れて飲ませたんです。それが効いてきて、その後は眠ってしまいました」

「被害者は怪しまなかったのか？」

「あらかじめデパスという睡眠薬を多めに溶かして注射器に入れ、それを缶コーヒーの飲み口から流し込んでおいたんです。相手は全く気がつきませんでした」

「おぉ、そうか。どこで殺害したんだ？」

「成田街道から湾岸道路に入り、しばらくしてからです」

「それで？」

「ぐっすり寝ていたので、車を停めて運転席から降りて後ろに回りドアを開け、寝ていたあいつの腹のあたりを強く刺しました」

「被害者は抵抗したり、声を上げたりはなかったのか？」

「睡眠薬が効いていたのか、うっとだけ声を出しましたが、直ぐにぐったりしました」

「刺してから直ぐに死んだのか？」

「そうだと思います。出血量も多かったですので……」

「どんな感じがした？」

「どんなって？　人を刺したのは初めてなので……でも、考えていたより簡単にやれました」

　志之川は、自分の両手を広げて見ながら思い出したように答えた。

「それで？　死体はどうした？」

「車を血で汚したくなかったので、その場に置いていこうかどうか迷いましたが、ちょうど道路の下が川の傍《そば》だったので、道路から下に投げ捨てました」

　志之川の自白は、死体遺棄現場で船橋にあるマリーンクラブの目撃者の話と一致していたので、石場は志之川の供述はまず間違いはないと考え逮捕状を請求した。しかし、山崎海上幕僚長を呼び出したのは防衛省の誰なのか、さらにその上にもっと誰かがいるのか、そのあたりを捜査しなければならない。志之川は実行犯だが、主犯を探さなければならない。

5

捜査A班は、更に志之川に殺害を指示した人物の特定を急いだ。兄貴分である浅間竜会《せんげんりゅうかい》の構成員の山李鉄郎《やまりてつろう》が志之川に命じたことは直ぐに判明した。しかし、山李は、自分に指示した者が誰であるのかなかなか口を割らなかった。そのことを質問するとだんまりを決め込んだ。

山李は、二日間に渡りしつこく攻められたが黙秘し続けた。また、山李がその人物から相当の金銭が渡っていることも志之川の供述からほぼ明らかであった。石場は、高桑捜査一課長に相談し、検察側の了承を得て、司法取引を持ちかけ、山李に命じた人物の割り出しを試みた。その見返りに山李の減刑を約束した。

「おい、山李！　このままじゃぁ、お前は主犯として十五年は出て来られないぞ。それでいいのか？」

「……」

「お前、五百万円や一千万円程度の金で二十年も務所暮らしじゃあ、金もらっても使い道はないよなぁ？　それに今回のような悪質な犯罪は無期懲役かもしれないぞ」

山李の顔色が少し変わったように感じた。口も歪んだ。石場は、それを見逃さなかった。

「お前、司法取引ってやつを知ってるか？」

「聞いたことはあります」

「お前が俺たちの訊いていることに全部隠さず答えれば、お前の罪が軽くなるという制度だよ。今度のことは、お前に山崎海上幕僚長を殺せと言った奴の名前などを全部吐けば裁判での判決が軽くなるんだよ」

「お前に山崎海上幕僚長の殺害を命じた奴は誰なんだ？　それを話せば、お前の刑期は軽くすると約束するよ。これは嘘じゃあないぜ」

山李は、どこかで司法取引っていうのは聞いたことがあった。今回のことは、石場とかいう刑事の言うとおりかもしれない。金を貰っていても、俺がバラしたかどうかなんてわかりはしないと思った。しばらくして山李は自供した。

「防衛省の立野《たての》って奴だよ。かなり偉いやつらしい男だよ。陸上自衛隊の所属と言ってたかな……」

「ほう……」

石場は、直ぐに防衛省の陸上自衛隊で立野という名前を調べるように高桑一課長に報告した。

山李は、その立野と志之川の間に立って連絡役の役目を引き受けただけであった。そうはいっても、志之川に殺害を指示したわけなので、それ相当の罪になることは明らかである。石場刑事の取り調べに対して山李はこう答えていた。

「俺は頼まれてメモを渡しただけだ。俺が書いたメモではない」

「メモには何て書いてあった？」

「メモには『習志野駐屯地の玄関で山崎海上幕僚長が出てくるのを待っていろ。白い車を使え。山崎を車に乗せてから、実行しろ』とです」

石場は、『実行しろ』とは言ったが「殺害しろ」とは言ってない。

「立野から金をもらったのか？」

「ええ、もらいました」

「いくらもらったんだ？」

「一千万円です。そのうち五百万円を志之川に渡したんです」

高桑は、直ぐに捜査員を派遣して調べたが、立野という名前は立野三郎《たてのさぶろう》陸将、四十五歳一人だけであった。

翌日、石場刑事は、立野に警視庁へ任意での出頭を要請し、事情聴取を行なった。

6

一方、捜査B班の防衛省爆破事件に関する調べは、なかなか進展していなかった。捜査A班の時と同様に、安蘇内閣はどちらかというとこの捜査にも消極的な側面を見せていた。しかし、今回の衆議院総選挙後に中泉内閣が組閣され、防衛大臣も八反田大臣から山名大臣が就任したのと同時に、犯人捜査に積極的になったようにも思えた。

八反田は、以前から海上自衛隊寄りの立場を取っていた。すなわち、南鳥島での調印式において山崎海上幕僚長の調印を裏で推進したのであった。そのため山崎海上幕僚長の殺害については、その犯人特定捜査を表沙汰にして、調印式の問題を蒸し返しさせたくはなかった。

一方、山名は、八反田とは反対に、陸上自衛隊に近い関係であった。山崎海上幕僚長の殺害も防衛省爆破事件も陸上自衛隊関係者が関与していると踏んでいた。その点では、八反田も山名も爆破事件の捜査を進めていくと、行き着くところは自分達の不都合な局面に達すると内心では考えていた。

高桑捜査一課長も、それらの指示を受けて、陸上自衛隊幹部の内偵を進めていたが、陸上自衛隊の上層部に捜査が及ぶ前に終止符を打たなければならないと思った。その中で山崎海上幕僚長の殺害の主犯として捜査上に上がっていたのは、やはり陸将の立野三郎であった。立野は、この爆破事件についても、以前からテロ対策関係の爆発物処理班に在席していたこともあり、時限装置付爆弾の作製方法などはかなりよく知っていた。B班の日和強太《ひよりきょうた》刑事が立野の取り調べを担当した。

「立野さん、もう調べはついてるんですよ。正直に話してくれよなぁ」

「別に隠すつもりはありません。今更隠しても無駄ですから」

立野は、半分諦めていた。自分がすべての罪を引っ被るつもりだった。まさか、更に上の誰かの命令だとは口が裂けても言えるわけはない。

「あんたが今回、二つの事件の大元だとは思ってないんだよ。われわれは……。誰の命令でやったのか教えてくれよなぁ？」

「誰の命令でもない。私が全部仕組んだことだ」

「もしそうだとしたら、どうしてなんだ？」

「それは決まっているでしょ。今回の南鳥島での調印式の内容に不満があったからですよ。あのように中国に対して屈辱的な調印を実行したのは山崎海上幕僚長だ。奴は日本の恥だ。八反田前防衛大臣も同じだ」

「そうなのか。陸上自衛隊と海上自衛隊との関係はどうなんだ？」

「どうって？　どういう意味なんですか？」

「今回の調印式での山崎海上幕僚長に対しては、陸上自衛隊全体が反対していたそうだな？」

「もちろんです。陸上自衛隊の幹部は皆怒っています」

「そうなのか。だから山崎海上幕僚長の殺害は、陸上自衛隊全体の問題だと思っているんだよ」

日和刑事は、立野に命令した者が必ずいると考えていた。立野一人でやれるような犯罪ではない。その名前を立野から引き出さなければと思った。しかし、これ以上捜査を進めるとまずいことになると感じた。

「よし、わかった。じゃあ、あんたが自分自身で考え、行動した犯行としていいんだな？」

「あ、あ、そう考えていいです」

「誰か上からの指示でやったのではないんだな？」

「しつこいですねぇ。そうじゃぁないですよ」

「ふん……」

結局のところ、山崎海上幕僚長の殺害も防衛省爆破事件も実行犯は逮捕されたものの、大元の主犯についてはうやむやにせざるを得ない形で終止符が打たれた。

四月、日本は、衆議院議員総選挙で国民のほとんどは国内の諸問題に気を取られていた。その間、中国は、それを狙っていたかのように、密かに軍事行動を進めていた。

中国人民解放軍海軍は、南鳥島侵攻に引き続いて、沖の鳥島周辺にも遼寧航空母艦艦隊を出動させた。

従来から、中国政府は、沖の鳥島を島として認めておらず、岩としての主張を繰り返してきた。韓国や台湾なども同様である。島として承認されれば、排他的経済水域内の海底に存在するレアメタルなどの資源を獲得できることになる

中国侵攻とコロナ

1

中国人民解放軍海軍は、四月に行われた日本の衆議院議員総選挙中に、素早く沖の鳥島周辺にボーリング調査を開始し始めた。彼らの意図するところは、南鳥島と同様に、自国

の領土として支配すべく侵攻するつもりなのである。沖の鳥島の周辺を南沙諸島と同じように埋め立て、軍港や飛行場の建設を進めていくつもりであることは明らかであった。

日本政府は、当然のごとく中国政府に対して抗議した。国内では外務大臣が駐日中国大使館の大使を呼び、激しく抗議した。しかし、今までと同様に、従来の主張を繰り返すだけで、一向に進展しなかった。

五月になると、中国人民解放軍海軍は、南鳥島での調印式で相互に確かめ合った筈の協定項目を無視した形で、勝手に島周囲の埋立てや飛行場の拡張、軍港整備などを進めた。それも日本政府に何の連絡もなく、島内の駐在員の抗議に対しても無視を決め込んだ。

島内の日本駐在員数も十人程度であったため、中国海軍はやりたい放題であった。滑走路は、従来のものと並行した新たな滑走路を建設し、約三百メートル長い千五百メートルとなり、ジェット機の発着が可能となった。また、軍港も拡大され、十分な深さをもって駆逐艦や巡洋艦程度の着岸ができるように改修された。その実行力と迅速力は、日本から見ても目を見張るものがあった。

また、島内のライフラインも整備され、中国海軍の駐在できる兵士の数も百人以上にもなった。一方、それらの行動に対して、日本政府はしばらく静観していた。こうなると南鳥島は、わが国と中国と共同での運営というような友好的なものではなく、中国の一方的な島管理体制となった。

外務省は、島内の駐在員からの連絡を受け、直ちに中泉内閣総理大臣へ緊急連絡した。その後、中泉総理と山名防衛大臣は、現地視察のため中大路防衛大臣補佐官と端本政務官を南鳥島へ送ることに決めた。

総理の命を受け中大路と端本は、横田基地からC―130H双発プロペラ輸送機で航空自衛隊兵士二十名を伴って出発した。兵士は防弾チョッキを着け、小銃を持ち中国海軍からの銃撃に備えた重装備であった。

防衛省から中国政府には南鳥島の視察のためと通達し、滑走路の使用準備を依頼した。さらに、南鳥島から沖の鳥島への視察もするようにとの命令を受けていたが、距離的に一度には不可能として別な日を設けて航空機からの視察の予定を立てた。

「端本！　今回は何か起きそうな気がするな？　日本政府だって黙ってないと思うがなぁ」

中大路は舌打ちしながら話しかけた。

「そうだなぁ。お前の言うとおりだ。中国は何を考えているんだ。ちょっとひどいな。われわれの常識では理解できないよ」

いつも二人の意見は、大体一致していた。

「われわれの着陸にまさか発砲してくるなんてことはないよな?」

「それはないと思う。一応、政府高官として通達してあるからなぁ」

端本は、自分で自分のことを高官と言ってから、少し恥ずかしさを覚えた。

輸送機は、徐々に高度を下げているようだった。パイロットからアナウンスがあった。

「あと二十分程度で着陸態勢に入ります。少々揺れが強いですが、安全です。各自準備してください」

その後、十分くらいして進行方向右手に南鳥島が見えてきた。島の様子は、以前見た時とは上から見てもかなり違っていた。正三角形であった島が、その形を変え、滑走路も二つに並んだ路面が確認され、そのためかやや歪《いびつ》な形に変わった。また、北側から西側の珊瑚礁も埋め立てられ、島全体の面積が一・五倍にも大きくなったように感じた。

輸送機は、着陸態勢に入った。徐々に高度を下げたが、中国軍からの砲撃もないし、上から滑走路を見ても中国軍兵士も見当たらない。日本の駐在員が日の丸の旗を振っているのが見えた。輸送機は無事着陸した。

中大路と端本は、飛行場で中国人民解放軍海軍の幹部の出迎えを受けて、その後、車で彼らの官舎に連れていかれた。通訳が一人いて形だけの会談が行われた。二人はそれよりも自分達だけで島の視察を行なおうと考えていた。

翌日、中大路と端本は、二人で早朝から島内の巡視に出かけた。日本人の島内駐在員たちは、気象庁庁舎に寝泊まりしていた。昨日、二人と一緒に輸送機に同乗し、島に着いた自衛隊隊員は自衛隊庁舎に寝泊まりし、一夜を過ごした。二人の巡回に対して中国海軍兵士たちは特に何も言わず、眺めていただけであった。

島内の様子は、以前と比較すると、その変わり方は半端ではなかった。建物もいくつも建設され、中国軍の兵士があちこちに見受けられた。その数も数え切れないくらいだ。飛行場の周辺には、小型ジェット機の戦闘機が十機ほど格納庫内に待機していた。端本は直ぐにアイフォンで写真を撮っておいた。それに対しても中国軍兵士は何も言わなかった。

軍港も拡張され、先端まではおおよそ二百メートルはありそうな長さであった。これなら駆逐艦一隻くらいは難なく寄港できそうであった。

新築された建物の中への巡回は許されなかったが、コンクリート三階建てで、わが国の自衛隊庁舎に比べ大きさは二倍くらいありそうな感じがした。

また、島の周辺では、海底からのレアメタル発掘のためと思われる発掘船、サポート船、運搬船など数隻の大型船が常時停泊している様子が観察できた。運搬船は、南鳥島の軍港に直接着岸し、レアメタルと思われる発掘した物資を一旦飛行場の外れにある大型の格納庫へ運んでいた。そして定期的にプロペラ機が発着を繰り返して、おそらく中国本土に運送しているか軍港へ碇泊中の軍艦から本土へ持ち帰っているのかわからないが、次々と島周辺の資源が発掘されていることは間違いないと思われた。

これらの状況に陥る前に、またこれだけの設備や建造物などが完成する前に日本政府はただ黙認していたのか？　中大路と端本の二人は呆れるばかりであった。

「これでは、一月の調印式の合意項目が全く守られていないよ。日本側の承諾を得ず、どんどんと勝手に進めているなぁ。どう思う？　端本！」

「そうだなぁ。ちょっとひどいな。既に十兆円は返還したはずなのに……」

「これをこのまま許しておいていいのか？　何とかしないと、この島は全面的に中国のものになってしまうよ」

端本は、心の中では『もうとっくになってるよ』と思っていた。これを以前のように戻すには武力を使うしかない。外交交渉では無理だ。

「中大路！　調印式直後では、日本は十兆円の借款を受け取っているし、それと引換えに南鳥島を受け渡したことになっているんだよ。今更、その国家間の調印を元に戻すことはできないと思うよ。十兆円を返還しても無駄ということか？」

「いや、しかし受け渡したわけではない。共同利用ということだっただろ？　十兆円を返還して元に戻った筈だが。それにもかかわらず、中国のやり方は一方的だ。日本には何の事前の了解もなく、勝手に進めている。それは約束違反だろ？」

「それはそう思うよ」

「じゃあ、どう解決するかということだ。良い方法はあるか？」

　二人とも外交交渉だけでは今の状況を打開するのは不可能だと思っていた。島および島周辺の海洋は、既に中国軍に実効支配されていることは明白だ。それを元に戻すには武力行使しかない。

「まあ、とにかく本土に帰り、まずは山名防衛大臣に現状報告と打開策の相談をしないとな？」

　中大路も端本も同じ意見であった。こうなったら一刻も早く、本土へ戻り、今後の方針を決定しなければならない。

中大路達は、同行した自衛隊兵士達を島内に残して、C―130Hプロペラ機で三日間の視察を終えて戻ってきた。

2

中大路と端本は、直ちに防衛省に戻った。山名防衛大臣に報告した後に、中泉総理大臣と新たに就任した池山田八郎《いけやまだはちろう》外務大臣、綾原総吉《あやはらそうきち》官房長官、それに山名防衛大臣を加えた六人により南鳥島緊急対策会議が開かれた。

そこで中大路は、自らが撮影した写真と動画を供覧し、南鳥島の現状について詳細に報告した。中泉総理大臣とその他の大臣達も皆、本当に驚いていたようであった。むしろ驚きよりも怒りのほうが大きかったと思われた。

それは、中大路に言わせれば、衆議院議員総選挙があったにしろ、認識不足であるとも思えた。しかし、共通した意見は、このまま放置することはできない、南鳥島を元どおりに取り戻さなければならないということでは一致していた。

問題は、その方法論である。外交交渉のみでは、今までの中国政府のやり方からして解決できないと考えた。やはり何らかの武力行使を伴う方法を用いなければならない。

中泉総理大臣は、安蘇前総理大臣の軟弱姿勢では国民の共感を得られなかった経緯があるので、強行論を唱えざるを得なかった。国民の大半もそれを期待していた。武力行使については、日本単独で行うより同盟国アメリカの力を借りるほうが安全性は高い。中泉総理大臣は、山名防衛大臣からアメリカ国防省を通じてベンソン大統領との直接的なWEB会議を予定した。その中でベンソン大統領の意思を確認した。

実際の武力行使を行う前に、中国政府に対しては、人民解放軍海軍の撤退、戦闘機の撤去と島周辺のレアメタル発掘を中止するようにと通達した。もし、日本側の警告に対し、それに従わない場合は、武力行使も厭《いと》わないことと、加えて先に借款した十兆円を返還したことを確認し、世界に向けて公表するようにと告げた。

しかし、またしても中国政府は、それらの通達について無視し続けた。中国外交部のテレビでの記者会見では、南鳥島は元来中国固有の領土であり、今まで日本は不当に占拠していた。したがって、今回の中国軍の軍事行動は正当なもので、日本側に反省を求める等のコメントを出すなど、わが国からしたら全く空々しい態度で納得できるものではなかった。そのため日本政府は、武力行使の最終期限を六月三十日として、それまで中国側に何らかの変化が見られない場合は実行に移すと警告した。

中大路と端本は、最終期限の六月三十日までにおそらく中国政府は何の行動も起こさないと予想していた。そうなれば武力行使しなければならない。二人は、防衛省の幹部として自衛隊上層部との話合いを持つ必要がある。具体的には、どのような方法で南鳥島および周辺海域を元どおりに復帰させるかを考える必要性が生じる。二人は、防衛副大臣、統合幕僚長、海上幕僚長、陸上幕僚長、航空幕僚長を集め作戦会議を招集した。

その中で中大路は司会を務めた。

「皆さん既に周知のことと思いますので、詳細を述べることは省略します。六月三十日をもって中国政府が何もしなかった場合は、武力行使に踏み切ります。南鳥島にいる中国兵士全員を撤兵させ、ジェット戦闘機も島から出さなければなりません。また、レアメタルの発掘も中止させる。その方法論について意見はありますか?」

幕僚長達は、現状については既に詳しく聞いて知っていた。皆、中国軍兵士の人命を尊重すべきかどうかを迷っているようであった。

海上幕僚長は、最初に発言した。

「どうやって中国軍兵士を撤去させるか、砲撃すれば多くの人命を失うことになる。それが戦争だと言えばそうなのだが……。できれば死亡者や負傷者をできるだけ出さないで撤兵させる方法はないのか？」

　陸上幕僚長は、それに対して次のように反論した。

「それは甘い。彼らだってそれを覚悟で乗り込んでいるのだ。話合いで解決できないから実力行使しようとしているのだ。期限が来たら砲撃しかない。特に格納庫に待機している戦闘機をピンポイントで狙って砲撃すべきだ。その実行に伴って死亡者が出たとしても仕方がない」

　皆、それもそうだと思った。

　中大路は、航空幕僚長に答えを求めた。

「わが国のミサイル攻撃でそれができますか？」

「できると思います。十機全部ですか？」

「全機でなくてもいいです。私は二、三機でいいと思います。中国軍を全滅させる必要はありません。島内から撤兵してくれることが目的ですから」

「中大路さん、そんな甘くはないですよ。その程度の脅かしで、中国軍が出て行くとは思いません。彼らはその程度なら反撃してきますよ。必ず……」

　陸上幕僚長は、そう答えた。

統合幕僚長も口を開いた。

「どちらにしてもこちら側が攻撃するとなると、その程度にかかわらず全面戦争に発展する可能性が高いと考えなければならない。どこまでやるかということだな」

中大路は、副大臣にも意見を求めた。

「防衛副大臣どう思いますか？」

「中泉総理も、今回はわが国の領土を中国軍によって不当に占拠されたわけであるので、それを取り返すことは憲法九条に抵触しないと考えています。共産党などはおそらく反対すると思いますが、大方は実行を支持するでしょう」

中大路は、武力行使については皆異論がないと判断した。最初はできるだけ最小限の砲撃で済ますように、二箇所の格納庫にミサイル攻撃を行う。その後島内に残してきた自衛隊兵士二十名とヘリコプター搭載護衛艦いずもを中心とした艦隊七隻を出艦させ、その中で島内上陸海軍兵士三百名とで島の実効支配を取り戻す計画とした。中国人民解放軍海軍がわが国自衛隊に発砲してきたら応戦する許可を与えた。

七月一日早朝五時半、南鳥島北方二キロの地点で海上自衛隊のはやぶさ型ミサイル艇から二発の小型艦対地ミサイルが発射された。南鳥島の飛行場脇の格納庫にロックオンされた。発射後十秒で目的地に到着し、北側の第一、第二格納庫とその中に留置してあったジェット戦闘機二機が粉々に爆破された。早朝であったため格納庫の中や周囲には中国兵はおらず、死亡者や負傷者は出なかった。

海上自衛隊の艦船は、直ちに南鳥島に近づき、島北部の海岸線から上陸用舟艇五艘に三百名の海上自衛隊員を完全武装させ、上陸させた。その間、爆破後十分程度の超短時間であった。日頃の訓練の成果が表れていたといってよかった。

それに対して駐留中国人民解放軍海軍の兵士達は、早朝で突然の攻撃のため、充分な反撃ができなかった。自衛隊員の上陸に気がついて発砲できた兵士は数少なく、戦闘と言えるほどの抵抗はなかった。

海上自衛隊員は、上陸後直ちに中国軍宿舎に向かい、慌てていた中国軍兵士全員を縛り上げ、宿舎内に監禁した。その兵士数はざっと二百名にも及んだ。しかし、一名の死亡者や負傷者を出さなかったのは不幸中の幸いであった。

その時、中大路と端本は、ヘリコプター搭載護衛艦いずもの艦橋内にいた。

「おい、端本！　上手く行ってるようだな？」

「今のところ死傷者は出ていないとの報告だ。中国軍にもだ」

「このまま兵士達をできるだけ短期間に中国側に返すことだな」

「あ、あ……」

二人とも結果に満足そうだった。

「しかし、今後の中国側の出方が問題だな。このまま黙っていられるかだ。中国側がジェット機を爆破されてこのまま黙っているとは思えない」

日本政府は、外務省ルートを通じて、南鳥島は日本海上自衛隊により占拠され、日本政府の統括下に置かれたことを通達した。また、捕縛している二百名の兵士達を引き取るように告げた。

それに応じて三日後に、中国政府から兵士運搬用輸送艦が東海艦隊の浙江省寧波《せっこうしょうねいは》基地から出港し、十日後に南鳥島に着岸、兵士の全員を連れて帰国した。それによって、南鳥島は、以前のように日本側の統括下に置かれた。

しかし、飛行場脇の格納庫には未だ中国空軍のジェット機が残されており、それについても早めの引取りを通達した。

同時、島の近海で行われていたレアメタル発掘船等による作業も中止され、見ることができなくなった。その後しばらくは何もなく、島内は平穏な日々が続いていた。

しかし、中大路と端本も、このまま中国政府が何の行動も起こさずにいることはあり得ないと思っていた。今でも密かに反撃の機会を待っているのだろう。もし、やって来るとしたら、以前より遥かに大掛りな艦隊を出動させるに違いない。

八月初旬になり、中国政府から外務省を通じて空軍ジェット機のパイロット五名と整備士五名を派遣し、格納庫に収めてあるジェット機を中国本土まで帰還させるとの通達が入った。その一週間後に、プロペラ機でパイロットと整備士が到着し、整備士による安全確認の後、直ちにジェット機を帰還させた。これで今までどおりのわが国による南鳥島の実効支配となった。

国内では、マスコミが南鳥島へのミサイル攻撃の話で持ち切りであった。憲法九条の戦争放棄に抵触する行為だと左翼系新聞などは批判的な議論を報じた。しかし、大半の国民は、それよりも中国の軍事行動に対してはもっと批判的になっており、それに対するわが国の攻撃はやむを得ないものだと考えていた。

中泉総理大臣は、直ちに憲法改正に取り組んだ。今なら憲法改正に前向きな賛成派が多数であり、世論の動向もその方向に向かっていると感じたからだ。

3

南鳥島を中国から武力で取り返し、わが国の統括下に置かれ、しばらくは安定した状態が続いていた。日本側は、いずれ早期に中国軍による反撃が開始されるだろうと予想し、南鳥島周辺にヘリコプター護衛艦「いずも」を中心とする七隻の艦隊を定期的に出航させ、中国人民解放軍海軍へ圧力をかけていた。しかし、中国軍の動きはなかった。

一方、端本が外務省を通じて得た情報では、中国本土では北京、上海、天津、武漢、広州などの大都市および香港に第三波と思われる新型コロナ感染症の拡大が確認され、日々の感染者数三千人、死亡者も三百人を超えているとの報告を得ていた。そのため中国国内では、第一波と同様の外出禁止令が出され、国中はコロナ対策に翻弄されていた。

その感染は、時間を措かず日本にも伝播した。それまでは、前年の七月には第一波が落ち着いて、東京の感染者数は一日当たり五十人程度であったが、中国の第三波発生の前に中国からの観光客が増えていたため、わが国の感染者数も急激に増えた。そのため中国も日本も南鳥島や沖ノ鳥島の領土問題どころではなくなった。

また、新型コロナウイルスに対するアビガンの効果も最終的な臨床試験結果で有効性が認められず、イギリスやアメリカなどで製造されたワクチンも期待されたほどの効果がないことがわかった。そうするとコロナに対する戦略は、原始的な外出自粛や手洗いマスクなどの徹底に頼るしかなかった。

世界は、今や新型コロナ感染症の感染拡大の防止に重点を置くか経済に重点を置くかのどちらかを選択をする局面に達した。経済の回復に重きを置けば、感染者数と死亡者数の極端な増大を招き、逆に感染拡大防止に重点を置けば経済が疲弊し、自殺者が増えるという悪のスパイラルに突入した。

わが国の第三波は、第一波の時の感染者数の三倍となり、医療崩壊に陥った。政府は、首都圏だけではなく、再び全国的に緊急事態宣言を発出し、外出禁止令を発令すべきと考えた。しかし、第一波で東京都も国も百兆円にも達する予算を使い果たし、第三波で休業を指示した事業所や個人への給付金や助成金などの予算はほとんど残っていなかった。

そんな中、中大路は、東大医学部卒業の厚生労働省技官としての経歴を持ち、中国武漢へコロナウイルスの研究に訪中した経験を買われ、第三波新型コロナウイルス感染症対策会議の座長に任命された。中大路の指名で端本も委員として参加することになった。二人は、防衛省での領土問題から急激に仕事の内容が変わり面食らったが、それだけ閣僚からの信頼が厚いと言えた。その他のメンバーは、主に感染症、疫学、経済、地方行政の首長など二十五人から構成された。

わが国における感染者数は日に日に増加し、それに伴い、マスコミでも有名人の感染者が毎日のように報道された。特に政府関係者の感染は、直接、政治に直結するため深刻であった。また、国民に対する不安度も一層高くなった。最初は、綾原官房長官から始まり、次々に閣僚が感染した。大臣に感染者が出た場合は副大臣が業務を代行した。

閣僚の感染者は約半数に及び、外務大臣、環境大臣、厚生労働大臣、経済産業大臣、法務大臣などが感染し、そのうち外務大臣と厚生労働大臣は重症化、ＩＣＵで治療を受けたが、死亡した。

その後、閣僚全員がＰＣＲ検査を受け、大臣、副大臣、政務官などを含めて、約三分の一強に陽性が確認された。その他、予算委員会などでは三密が守られているとは思われず、国会議員にも多数の陽性者が出て、クラスターの発生源となった。

そのような中で中泉総理大臣は、池内聡太《いけうちそうた》東京都知事、中村一郎《なかむらいちろう》大阪府知事などと議論を重ね、ブラジルやスウェーデンなどと同様に経済を優先し、厳重な外出自粛などの方法を取らず、コロナウイルスの感染は自分自身で守るとの方針を示した。実際は、中泉総理の行き詰った、やむを得ない政策であった。

ウイルス専門家の研究からは、第三波でのコロナウイルスは第一波のウイルスからの遺伝子変異が強く、治療薬やワクチンの開発が一歩も二歩も遅れ、最悪の状況に陥ったとの指摘があった。医療現場でも、医療関係者の感染率が高く、感染が判明すると自宅療養を義務づけられるため、実際に医療に携わるスタッフの不足が表沙汰になった。

また、重症者を受け入れるベッド数も満杯で、まさに医療崩壊の状態に陥った。人工呼吸器やＥＣＭＯも足りなくなり、終には七十五歳以上の後期高齢者で使用している機器を若い患者に回して使わざるを得ない状況になった。それでも足りず、七十歳以下を優先して使うことを政府はやむなく認めた。

つまり、高齢者よりも若い患者を優先して助けろという意味だ。まさに命の選択を迫られざるを得ない状態に陥った。

第三波新型コロナウイルス感染症対策会議での議論は白熱した。

「このままでは日本は壊滅する。新型コロナに対する有効な治療薬はまだできないのか？」

新たに任命された畠中幸三《はたなかこうぞう》厚生労働大臣は、苛立ちを隠せなかった。

「今、大阪大学やいくつかの製薬会社で、動物実験の段階で有効性があるとされたものはありますが、臨床治験はまだ始まっていません」

中大路は、そう答えた。

「アビガンもあまり効き目がなかったのでねぇ……」

しばらく沈黙の後、岩手県の田代一歩《たしろかずほ》知事から発言があった。

「東北の中小企業ですが、八幡平《はちまんたい》製薬という会社の研究室から新薬が動物実験で有効性があったという論文が出ていますが……。その論文では、ウイルスの増殖を今までになく、極端に抑えられたとの結果でした」

畠中厚生労働大臣は、眉間に皺を寄せて発言した。

「そんな小さい会社の研究なんか信用できるのかね?」

「会社の大小ではないと思います。有効性があるのなら、一度、その会社の研究責任者から話を聞くべきだと思います」

端本は、そう答えた。

「そうですね。こちらに呼びましょうか。田代知事、手配してもらえますか? なるべく早く。事は緊急ですから……」

「わかりました。話してみます」

翌日、岩手県田代知事は、八幡平製薬の社長に電話をした。

「あぁ、知事の田代ですが、お宅は新型コロナの新薬を研究していると お聞きしていますが、その研究の責任者の方はいますか？」

「はい。荒島ですね？　何か問題が起きましたか？」

「いぇ、そうではないです。実は、新型コロナウイルス感染症対策会議でお宅の治療薬の研究について話が出ましてね。委員の皆さんから注目されているのですよ。確か論文が出ていますね？　研究の責任者の方にこちらに来ていただいて研究結果をお話してもらえませんか？　事は緊急なのでねぇ……」

「荒島有志《あらしまゆうじ》君ですね？　話してみます。詳しいことを教えてくださいますか？」

「そうですか。では、詳細は担当者から連絡させます。よろしくお願いします」


八幡平製薬は、岩手県の田代知事から新薬についてのプレゼンを求められて、社内は活気づいた。八幡平製薬の社員は五十名足らずで、主にジェネリック薬品を扱っていた。今まで新薬開発の実績は全くない。しかし、新型コロナに対する新薬については、研究部の荒島課長が現状の危機感と学問的興味を持って一人で実験していた。

荒島の研究は、コロナウイルスが細胞内に侵入するのに必要なＲＮＡ依存性ポリメラーゼを阻害することによってウイルスの増殖を抑える薬剤である。これまでもエボラ出血熱に有効であったレムデシビルと同様の機序であるが、化学構造を少し変えて作用を強力にし、また経口での投与を可能にした。

動物実験の成果では、レムデシビルよりも増殖抑制作用が五倍から六倍強いことがわかった。しかし、ヒトへの臨床試験は行われておらず、副作用のチェックもなされていない。一方、アビガンのような胎児催奇形性などは動物実験の段階ではないと確認されている。

荒島は、社長から田代知事の連絡を受けてプレゼンのためのデータを一週間かけて準備した。それを持って厚生労働省に向かった。

説明会の予定日の前日に日比谷のホテルに宿泊し、翌日、厚生労働省の専用会議室に到着し、前もってパワーポイントをセットした。プレゼンの時間については、質問も入れて一時間もらっていた。そうするとプレゼン三十分、議論三十分というところだ。

そこでは中大路が司会を務め、厚生労働大臣、その他委員は二十名集まった。

荒島は、用意しておいたパワーポイントデータをもとに新薬の効果とその作用機序や副反応出現の可能性などについて、ラット五十匹を用いた実験結果を示した。

効果の判定は、ラットの症状の変化、血液検査結果、死亡数、ＰＣＲ検査結果などを用いて評価されていた。荒島は、新薬の効果が全体的にレムデシビルに比べて遥かに強いことを強調した。しかし、彼の独特な喋り方や態度に参加者一同、何か違和感を持った。

彼のプレゼンに対して委員からは質問が多数出たが、大勢に影響するようなものはなかった。

主だったものでは、厚生労働大臣から次のような質問があった。

「レムデシビルの化学構造を少し変えるだけでこんなに効果が違うのか？」

「はい。構造式が似ていても、少し違うだけで全く働きが異なることは化学の世界ではよくあることです。はい、はい、はい」

荒島は、少し自慢げに答えた。

「臨床治験はまだなんですね？」

「まだです。次の段階では、それをぜひお願いしたいと思っています。はい、はい、はい」

と委員達に頭を下げた。

「症例数はどのくらいになるかね？」

「少なくとも二百五十例から五百例は必要と思いますが……、はい、はい」

「中大路君、それは大丈夫なのかね?」

「大丈夫です」

中大路は、それに続いて述べた。

「今、わが国は、現在このような状態ですし、一刻も早く臨床治験を開始し、結果がよければ早く現場で使用できるようにすべきと思います。皆さんいかがですか?」

それに対して反対する意見は出なかった。

荒島のつくった新薬は、『アラシマビル』と命名された。それは、学術的命名法ではなく、単に荒島の名前をつけただけだ。その後、中大路と端本の働きにより臨床治験が開始された。

臨床治験は、荒島の希望どおり五百例が予定された。わが国の感染者数が増え続けているので、症例数は充分に確保できた。

荒島は、もともと、東北医療大学医学部微生物学に在籍していた。現在四十五歳だが、微生物学の御師前哲《おしまえてつ》教授のもとでウイルスの細胞内増殖メカニズムについての研究をし、博士の学位を取得した。その後いくつかの研究所に勤務したが、ストイックな性格が禍してどこも長続きしなかった。

ところが、八幡平製薬の社長は、そんな荒島の能力を理解して、入社させた。入社後は性格的な問題で同僚や後輩などから『あいつにはついていけない』と思われ、会社の研究室では単独で実験などを行なっていた。その研究費は、厚生労働省や文部科学省での競争的資金に応募し、自ら獲得していた。大学や大きな研究所での研究費獲得は稀ではないが、東北の小さな製薬会社での応募で年間一千万円単位の研究費を獲得したことは大変稀である。中大路と端本は、その事実を重要視した。彼の独特な性格は無視しても進めていかなければならない状況に達していると判断した。

また、発表された研究論文もネイチャーやサイエンスといった超一流の研究雑誌に受理されたもので、研究の質を担保するものであった。二人は直接荒島に面会した。

「荒島さんはお一人でご研究されているのですか？」

中大路は、怒らせないように気を遣った。

「えぇ、そうです。一人のほうが気楽でいいですよ。はい、はい、はい、はい」

「他の研究者達は何をされているのですか？」

「よくは知りませんが、彼らはジェネリック薬品ばかり目をつけて、新しい薬剤開発は興味がないみたいです。はい、はい。もっともこの会社は、ジェネリック薬品で儲けているのですからね、仕方がないですが……。はい、はい」

「アラシマビルは何か効きそうな雰囲気はありますよね？」

　そう発言した端本は、中大路が隣で怒っているのがわかった。

『余計なことを言うな。もう少し言葉に気をつけろ』と言わんばかりであった。

　端本は、言い直した。

「いやぁ、雰囲気ではないですよね。おそらく大丈夫でしょう。わかりません。どうなんでしょう？　はい、はい、はい……」

　荒島は、特に怒っている様子はなかった。人の話を聞いてもいない様子もした。何か一人でブツブツ独り言を言っていた。

　中大路は、もしかしたら荒島は何らかの精神疾患などを持っているのかな？　とも思った。

　二人は、荒島によろしくと挨拶だけを済まして、別れた。二人になって中大路は、端本に訊いてみた。

「なぁ、どう思う？　荒島先生のこと」

「うん……、変わっている先生だなぁ」

「そう感じた？　もしかしたらアスペルガーかも知れんな？」

「アスペルガーって、アスペルガー症候群のことか？」

端本は、アスペルガー症候群の名前くらいは知っていたが、詳しくは知らなかった。

中大路は、説明を加えた。

「彼は、話をする時、相手の目を正面から見ないよね？　それにあのストイックさだ。研究以外のことは全く興味がないのかなぁ？　アスペルガーって医者や研究者に多いらしいよ。自閉症スペクトラムの一つなんだよ。でも知能の低下はない。高機能自閉症に分類されるのだな」

「中大路、お前よく知ってるなぁ」

まあ、どちらでもよいのだ。アラシマビルの効き目があって、重大な副作用がなければ一般での使用を特別に認可しようと考えていた。

4

アラシマビルの臨床治験は、主に都内の大学病院や国立病院を中心とした新型コロナウイルス感染症を診療している八施設の大型医療機関でのプロジェクトとして開始された。それぞれの医療機関において無作為コントロール割付試験で五十〜八十例の投与例をアビガンとの比較対象試験とした。

アビガンは、これまでのコントロール試験で死亡例での有意な差は出なかったが、症状の改善や検査データの改善度は統計的には有意差はなかったものの、数値的にはよくなっていた。

今回の臨床試験は、アビガンとの有意差の検定も含んでいた。試験が開始されて二か月間で二百五十三例の症例が集積された。その結果は、中間報告ではあったが、アラシマビルはアビガンと比較すると、発熱期間、死亡者数、臨床症状の改善度、Dダイマー値の低下度などのどれを取っても統計学的に有意差を持って改善しており有効性が認められた。

ただ、特記すべきことは、副反応の点でアラシマビルは異常行動の出現率が八%、アビガンは一%と、アラシマビルは高い出現率が認められた。これは、インフルエンザのときのタミフルと同じような副反応で、突然走り出して訳のわからないことを言ったり、窓から飛び降りたりした症例が報告されていた。窓から飛び降りた一例は、頭蓋内出血で死亡した。

第三波新型コロナ感染症対策委員会では、中間報告の段階ではこの結果を吟味し、アラシマビルの有効性は副反応を考慮しても、直ぐにでも使うべきだと考えた。

中大路は、委員会では一人ひとりの意見を訊いた。

「皆さん、どうですか？　今までのデータでは、アラシマビルは十分新型コロナに有効であると思いますが……」

皆、首を縦に振って賛同を示したようであった。

「今回の試験は、しっかりした割付試験で、結果については信頼性がある。副反応は主に若年者で、インフルエンザのときと極めてよく似ている。しかし、その有効性は明らかで、副反応を考慮しても現状を考えると早期に承認すべきと思います」

「私も同感です」

ほとんどの委員は賛成した。それらの意見をまとめて中大路は頷きながら話した。

「皆さんの意見は大体わかりました。承認については皆、賛成ですね？」

一人別な委員から質問が出た。

「私も承認については賛成ですが、異常行動についてはどう説明しますか？」

それについてはっきり答えることができる委員はいなかったが、ある小児科専門の委員からその答えらしき意見が出た。

「インフルエンザのときの異常行動は脳炎あるいは脳症として説明されていますが……。つまり、ウイルスによって非典型的な脳炎が起こっているのかも知れないですね？」

「なるほど……」

「それはインフルエンザのときは、使用したタミフルの副反応のためと疑われたが、研究班からの結果報告では、インフルエンザそのものの症状と結論されたのでしたね？」

「今回のその異常行動も新型コロナウイルスのためかもしれませんね」

「うむ……。確かに……」

それを最後に委員会は閉会した。

厚生労働省は、委員会の答申を受け、また現状の感染拡大を考慮し、緊急でアラシマビルを特別承認した。八幡平製薬では、直ぐにアラシマビルの増産体制に入ったが、何分工場の人員や機械能力が追いつかず、別の大手の製薬会社にも大量生産を助けてもらうように厚生労働省からの指示が入った。

アラシマビルが市場に出回るまで、わが国の感染者数は相変わらず日々増加し、一日の感染者数は四千人を越えていた。また、死亡者数も一日五百人から七百人と重症者を受け入れる余裕は既になくなっていた。

しかし、アラシマビルが臨床現場で使われるようになってから、徐々に毎日の感染者数が減少していることが、数字として現れてきた。現場の医師からもアラシマビルはよく効くとの感触が得られていたようであった。アラシマビルが全国的に使用されるようになって二か月ほどで、一日当たりの感染者数は五十人前後になった。第三波新型コロナウイルス感染対策会議のメンバーもやっと一息ついたという感じになった。

マスコミでそのことが報じられ、アラシマビルの開発者である荒島博士が国中の注目を集めた。毎日のようにテレビ出演し、キャスターや出演しているコメンテーターからいろいろなコメントを求められていた。テレビで何度も出演しているうちに彼のストイックな性格が表に出てきた。しかし、マスコミ人は、日本の救済者であるため、彼の人格を傷つけるコメントは極力避けていたに違いない。

一方では、医学的なことをよくわからない一般人からすると、コメントがかわいいとか、仕草や行動が面白いなどの、どちらかというとポジティブな反応が多かった。ある精神科の医師からは荒島博士はアスペルガー症候群の疑いあると言われていたが、逆にアスペルガー症候群と診断されている多くの患者からは大変勇気づけられる結果となった。

アラシマビルの有効性は、世界中に知られる結果となった。同時にアメリカやイギリスなどからの問合せが殺到した。しかし、日本だけでもいまだ全国に行き渡っていないのに他国に売り渡すほど十分な余剰量ではなかった。荒島博士は、その後もテレビに出演しながら、新型コロナウイルスに関する自らの研究結果などを話していた。

彼の研究は、通常の研究者の考えとは異なるアイデアからの発想でユニークなものであった。アラシマビルもそうであったし、その他にも新型コロナウイルスワクチン開発についても然りであった。

しかし、現状でのわが国の研究者からは受け入れ難いもので、有効性の高さと副反応の頻度の高さとは裏腹な印象を受けた。しかし、荒島博士は、今回のことで日本の救世主となったことには間違いなかった。

5

アラシマビルの有効性については、最終的には臨床治験の責任者である国立医学療養センター感染防御部の仲曲市太郎《なかまがりいちたろう》博士がデータをまとめた。その結果は、中間報告で得られた結果と同等に有効性が認められた。症例数も五百例を越え、データの信頼性が確実なものになった。仲曲博士は、そのデータを英文でNew England Journal of Medicineという一流臨床系雑誌に投稿し、受理された。論文の緊急性があるとして、雑誌編集長の判断で直ちに掲載された。

掲載されるや否や、世界中の研究者や外務省や保健省関係の担当者から毎日のように問合せが厚生労働省に殺到した。それに呼応して厚生労働省から八幡平製薬経由で世界中にアラシマビルを配分した。もちろん、すべての国に行き渡るほどの在庫はなかったが、既に量産体制に入っていたので、一か月間で徐々に各国に行き渡るようになった。

その結果、感染者数の多かったアメリカ、ブラジル、ヨーロッパ各国、ロシアなどで、アラシマビルが使われるようになって感染者数が激減した。その後二か月もすると、世界各国で感染者数の減少が見られた。WHO事務局長もアラシマビルの有効性について公式に認めた声明を出し、新型コロナウイルスの治療薬として第一選択の薬剤であるとした。

しかし、中国と韓国は、日本に対して歴史的な排日運動が続いており、アラシマビルの有効性についてはなかなか認めようとしなかった。そのためアラシマビルを使用できず、感染者数はいつまで経っても減少しないままだった。

中国も韓国も、国民はアラシマビルを使いたいにもかかわらず、政府関係者、特に両国のトップの政治的な思惑により国民が苦しんでいたように見えた。とりわけ韓国は、ムン・ジェイン大統領の個人的とも見える日本嫌いのために、一向に患者数は減少しなかった。

韓国では、最初の頃に使用した五十四症例のうち十例で異常行動が認められたため、政府は使用することを禁止した。日本でそれらの症例の報告を解析した限りでは、ほとんどの異常行動は軽微で、突然大声をあげたり、辻褄が合わないことを話したりとか軽いものも多く含まれていて、アラシマビルの内服を中止するとともに消失した。明らかに韓国の過剰な反応であると思われた。

一方、日本に対して友好的なアメリカ、オーストラリア、カナダ、ヨーロッパ諸国では、感染者数はみるみるうちに減ってきた。また、重症な症例は、サイトカインストームと言われる免疫の過剰反応により死亡することが明らかになった。それに対してアラシマビルは効果がなかった。

すなわち、アラシマビルは、重症になる前に使わなければならない薬剤として位置づけられた。重症例については、従来のエボラ出血熱での治療薬として用いられていたレムデシビルを使うべきとされた。

中国は、中大路の侵入捜査では、当初、武漢の中国科学院ウイルス研究所において生物兵器としてコロナウイルスを研究し、新型コロナウイルスを生み出した疑惑があった。その証拠の文書も手に入れていた。おそらく中国は生物兵器として開発したウイルスを結果として自国の国民にばら撒いた結果になった。生物兵器として開発したのなら、その病原菌やウイルスに対しての治療薬を確保していなかったことは誤算の一つである。しかし、中国が敵国と見做したアメリカの患者数が世界各国の中で最も多かったことは生物兵器としては成功であったと考えてもよいのかも知れない。

新型コロナウイルスに対するワクチンも各国で開発され、治験が開始されていた。イギリス、アメリカなど大学や研究施設と製薬会社とのコラボレーションで、どうやら使えそうなワクチンも揃ってきた。

わが国も大阪大学とSS製薬との共同研究で開発し、既に治験に入っていた。少ない症例数ではあるものの、抗体価の有意な上昇が確認された。しかし、その抗体価も約六か月程度の持続で、麻疹や風疹などのワクチンと異なり、シーズンごとにインフルエンザと新型コロナの両方のワクチンを打たなければならない。抗体価の永続性については今後の研究の成果を待たなければならなくなった。

しかし、そうであったにしろ、ワクチンの出現は、国民に大きな安心感を与えた。その年の年末から医療関係者や行政関係者、高齢者、低年齢の小児からワクチン接種が開始された。その時期になって感染者数はさらに減少し、一日当たりの感染者数は一桁になった。テレビでも、今までは連日のように感染者数が公表され、専門家のコメントと同時に時間を取って議論されていたが、こうなると感染者数の放送はなくなり、国民の興味もそこから離れていった。

6

「やっと一段落ついた感じだな。端本！」

「あぁ、そうだなぁ」

中大路と端本は、いつものように二人だけで祝杯を上げた。新橋の居酒屋だ。

「今更だが、感染症というのは怖いなぁ。あっと言う間に広がってしまう。今までも人類はコレラ、ペスト、ポリオ、インフルエンザなどのウイルスと戦ってきたが、これからも未知の感染症との戦いが続くんだろうな？」

「あぁ、そうだなぁ……。そして今回のことでいろいろな人を失ったよ。何人も……。しかも重要な人達だ」

端本は、普段になく、こみ上げてきたものがあったのか、目頭を少し押えた。端本は、今回、父親を新型コロナの肺炎で失った。

「それにしても、われわれはあの荒島先生に救われたんだよ。あの人は救世主だ」

「本当だな。足を向けては寝られないよ。われわれだけではない。世界を救ったんだよ。凄いことだ」

「う……ん」

二人とも心からそう思っていた。中大路は続けた。

「だが、あの先生は、日本の感染症学会では爪弾きに遭っていたらしい」

「へぇ、そうなのか。変わっている性格だからな」

「俺の知っている精神科医の見立てでは、アスペルガーだと断定しているドクターもいるよ」

「われわれが話した感じでも、そうかなと思うよな？　ややコミュニケーションの仕方に問題があるかも知れないな？」

端本は腕組みしながらそう答えた。

「俺からすると、だから何だっていう感じた。アスペルガーで悪いかと思ってる。彼の個性だと捉えればいいんだよ」

「なるほど……」

端本も内心はそう思っていた。とにかく彼に救われたことに間違いはないのだ。

「だから学会などというものは信用できない。そう思わないか？　端本！」

「何だよ。きょうは……。こだわってるなぁ。お前と同じ意見だよ」

「今回の感染対策会議でも八幡平製薬や荒島先生を軽視する発言が多かったからなぁ。憤慨しているんだよ。会社が小さいとか、聞いたことがない名前だとかいろいろ言ってたな。彼の業績をしっかり把握してんのかと思ったよ。まぁ、やむを得ないとは思うが……」

中大路は、本当に怒っていた。

「中大路！　まぁ、そう怒るなよ。荒島先生のことは、皆、知らなかったことだから仕方がないよ。今回のことでは、荒島先生の研究が日本を立て直したことはすべての日本人、いや、世界中すべての人が認めていることだよ。中国と韓国は別だがな」

「中国と韓国か……。そうだなぁ。困ったもんだ」

中大路は、本音がちらりと出た。

話は、荒島博士のことから中国、韓国の話に移って行った。酒が入ったためだろう。

「中国も韓国も困るが、その二国の日本に対しての感情はちょっと異なるよな?」

「中国は、最近、経済的にも政治的にもアメリカに続いて大国に成長したからね。海洋進出に貪欲な感じだね。韓国は未だに過去の戦争に拘っているようだ。何かにつけケチをつけてくる。両方とも品がないよ。全く!」

「今回のコロナの件も、アラシマビルが個人のレベルでは有効だと思っていても、国の上層部は日本へのメンツがあって使うことができないんじゃあないか?」

「中国は、共産党の一党独裁でわれわれの常識では判断できないな。香港の暴動や新疆ウイグル地区での現状を見ればわかるよ。政府への批判は一切受けつけず、言論の自由などは全くない。弾圧政治だよ。日本もかつてそうであったように……」

「中国ももちろんだが、ロシアも全くおかしい。信じられない。ロシアの法律? 憲法改正? それは何なんだ。プーチン大統領は永年大統領だそうだ。長過ぎる権力は腐ってくることは間違いない。国民はわかっているのか?」

「そのとおりだ。まともなのは日本だけだ」

二人でそんなとりとめもない国際情報などの意見交換程度で終わりにした。

とにかく新型コロナ感染症がひとまず決着して国民の心は安定し、自粛も解かれ、外出可能になり、経済状況も通常の八割程度まで回復した。

疑惑と死

1

その年の末に週刊「日の丸」から厚生労働省幹部のアラシマビルの大量生産受注に関して収賄疑惑が報じられた。週刊「日の丸」は、以前からすっぱ抜きの記事が多く、特に政府の収賄事件や横領事件に強い週刊誌である。

記事によると、厚生労働省の局長クラスの官僚が、大手製薬会社アマックスの営業部長から一千万円の賄賂をもらって事前に競争入札の価格を教え、受注させたとのことである。

その競争入札には七社が受注入札に手を上げていて、入札を監督する山影養助《やまかげようすけ》保険局長がアマックスの一新遼太郎《いっしんりょうたろう》営業担当部長から銀座の寿司屋で接待を受け、賄賂を受け取っていた。見返りとしてその他六社の提出価格を漏らし、結果として受注したことを週刊「日の丸」の記者が金銭受取りの事実を隠しカメラで撮影していたのである。

記事には、その写真を一枚載せた上、収賄事実が詳細に記載されていた。これだけ前もって接待の日時、場所などを知ることができるのは、外部の人間ではない。通常は内部からの告発に違いないと考えるのが普通である。

警視庁捜査第二課は、週刊「日の丸」の記事に遅れて捜査を開始するという不名誉な事実が浮彫りになった。中大路と端本も当然捜査第二課からの事情聴取を要請された。

事情聴取の前に、二人は話し合った。

「中大路は知っていたのか?」

「全然知らなかったなぁ。お前はどうなんだ?」

「俺もだ。全く知らん。感染対策のことで頭が一杯だったからな……」

「アラシマビルの量産に関することは、対策会議の議論外の問題だよ。荒島先生は関与していることはないだろうな?」

「それはないだろう。あの人は、そんな器用なことができるような人ではないよ。わかるだろ?」

「うむ、そうだよな」

「とりあえず、警視庁の事情聴取では正直に話せばいいだろう。何も隠すことはないよな？」

「あ、あ、そうだな」

　中大路と端本の事情聴取は難なく終了したが、別の関係者への捜査第二課の事情聴取で明らかになったことは意外なことであった。


　警視庁捜査第二課による感染対策会議の一委員からの聞取り調査で興味深い事実が浮かび上がった。取調べを担当したのは有末元太《ありすえげんた》刑事で、繁松総司《しげまつそうじ》委員から話を訊いた。

　繁松は、東北医療大学医学部感染症学教授である。

「なぁ、繁松先生。先生は感染症学のトップですよね？」

「まぁ、日本感染症学会の理事長ですので、そういう意味ではそうか知れません。しかし、学術的な面からは私よりもっと優秀な先生は沢山おります。便宜的に年功序列で理事長になっているだけです。何を持ってトップと言ってるのでしょうか？」

　有末は、繁松の涼しい言い方にちょっとカチンときた。学者らしい理屈っぽい言い方だと思った。

「まぁ、そう深く考えないでください。あまり深い意味はないのですから……。先生の知っていることを話してくれればいいのです」

「そうですか。私は、何も隠すことはありませんし、自分が先般の汚職に絡んだことは何もありません」

繁松も普段の態度と変わらない話し方だと自分では思っていた。有末は、学者と刑事では話が合うはずはないと心の中では感じていた。

「先生は、厚生労働省の山影保険局長の汚職については知っていたんですか？」

「いえ、知りませんでした。家内から週刊「日の丸」にアラシマビルの記事が出ているわよと言われて初めて知ったのです。そもそもわれわれは、新型コロナ感染対策について議論する会議なので、会議で決定したことについて、そこから先は政治や行政の問題ですよ。われわれには一切情報は入りません」

有末はそういうものなのかと思い、話を少し変えようとした。

「そうですか。ところで、アラシマビルは凄い発見だとは思いませんか？　あれで日本中、いや世界中が救われましたよね？」

「そうですね」

繁松の反応は、少し冷たい感じがした。

「学会では、そのようや議論はなかったのですか？」

「ありましたよ。賛否両論でしたね」

「賛否両論と言いますと、荒島先生の理論に反対していた学者もいたということですか？」

「まぁ、そういうことではないんですがね……」

「どういったことなんですか？　アラシマビルは、素晴らしい発見だとわれわれ素人からするとそう思うのですが」

「うむ……、しかしねぇ……。いろいろ問題はあるのですよ」

繁松は、言い難そうに、舌打ちをして、右手で顎を触りながら言った。

「問題って言いますと？」

「日本感染症学会の理事会で上がってきた議題なんですが……。うむ……」

繁松は、こんなことは今回の事件にはあまり関係がないと思ったが、放置するには少し問題が大き過ぎる。黙っておくわけにはいかないとは思った。

「先生、話してもらえませんか？」

繁松は、あまり人を貶める話はしたくはなかった。

「この話は、今回の汚職事件とは無関係と思います。あまり話したくはないです」

「関係があるかないかはこちらで判断します。他言はしませんので、話してください」

それでもまだ、繁松はムッとしていて話す様子はなかった。

「荒島先生を傷つける話なんですよ」

「そうですか。われわれは、今、アラシマビル製造受注における汚職事件について調べているんですよ。繁松先生の持っておられる情報はそれとは関係がないと考えられますが、われわれとしては、その周辺のことはすべて知っておきたいのです」

「そうですか。わかりました」

繁松は、有末の熱意に負け、話す気になった。

「実は、荒島先生のアイデアは、彼自身が考えたものではなく、東北医療大学医学部で御師前教授の下でウイルス学の研究をやっていたある研究員Aのグループのものだったかも知れないのです。荒島先生は、八幡平製薬に移動したときに抜駆けして論文にし、その論文にはAの名前も入っていなかったとのクレームがありました。Aによれば、東北医療大学在職中は一緒に実験し、データも共有し、発表するときは御師前教授の了承を得てから行なうことを約束していたとのことでした。ところが、荒島先生は、大学に居られなくなり、八幡平製薬に移って、論文を書いたわけです。彼のあの性格は、周囲のことなど全く意に介さないのでしょう。普通じゃあないんですよ」

繁松は話終わっても、スッキリした様子はなかった。むしろ後ろめたい、嫌な気持ちになっていた。

「ははーん。そういうことですか」

有末は、学術的なことはわからないが、刑事らしく法に触れるかどうかだけを考えた。

「論文は、荒島先生がご自分で書いたのですよね？」

「私にはわかりませんが、そうだと思います」

「それだけではないのです。私は、御師前教授のことをよく知っていますが、彼の話によれば、荒島先生が論文で発表した実験は、自分達は既に行なっていて、あのような結果は出なかったとのことでした。御師前教授はウイルス学では一流の先生です。その先生がそう言ってるのです。その意味はわかりますか？」

「うむ……、それって荒島先生の実験や論文は捏造ってことですか？」

「私は何とも言えないなぁ」

有末はそれだけ言って、何とも言えないなぁとは何なんだと思った。

「もし、それが事実としたら警視庁の範疇ではないかも知れませんね」

「それは、われわれのやらなければならないことです。学会の調査委員会がありますから……。今後、第三者委員会を立ち上げ調査しなければならないと考えています」

「そうですね。それはわれわれの調査範疇ではないですね?」

この事情聴取が終わり、しばらくして、さらに週刊「日の丸」から関連記事が掲載されることになった。どこから漏れた情報なのか不明である。

2

週刊「日の丸」の最初の記事から二か月後、再びスクープ記事が載った。『今注目のアラシマビル開発者の荒島博士、捏造疑惑』とのタイトルで、六ページに渡って荒島博士の写真入りで掲載された。記事を書いたのは前回の記事と同じ記者であった。

その内容は、「荒島博士は、ウイルス学の権威である東北医療大学微生物学の御師前教授の下で研究をしていたことがあり、新型コロナウイルスに対する新薬開発に携わっていた。そこでの研究では、荒島博士他の数名の研究者がいて、荒島博士がサイエンスやネイチャーの論文に掲載したものと同じ動物実験を行ない、結果として有効性を示すほどの成果は得られなかった」との暴露から始まった。

さらに、当時、一緒に研究していた研究員の話が載っていて、「荒島博士の論文での方法論は自分達が行なったものとほぼ同じで、荒島論文における成績は納得がいかない」と述べていた。その研究員は、荒島論文は捏造とは言っていなかったが、その疑惑は残ると述べてもいた。

その研究員は、日本感染症学会理事長の繁松教授が述べた研究員Aであることは直ぐにわかった。

また、荒島論文の内容が仮に正しいとしたら、それは御師前教授グループの成果であり、論文で名前が誰一人掲載されていないことも大きな問題であるとした。

この記事の後から民放テレビの特番で取り上げられ、真実が明らかになる前に、荒島博士の捏造疑惑の白黒がもっともらしく議論された。

しかし、荒島博士本人は、泰然としていたように見えた。いくつかのテレビ番組にゲスト出演して、彼にきつい質問が投げかけられたが、悪びれもせず正直に答えていた。それもまた視聴者の共感を得ることになった。

一方、日本感染症学会は、東北医療大学医学部の研究員Aからの訴えの信憑性を検証する目的で、第三者による調査委員会を立ち上げた。

理事長の繁松教授は、調査委員会の最終結果を統括する委員長に就任したが、調査に関しては第三者ではないため口を挟めない立場となった。調査委員会の副委員長および各委員は、学会外のウイルス学の専門家や弁護士の集まりであったが、氏名は公表されなかった。中大路もメンバーとして指名され、八名の学者、有識者から構成された委員の一人となった。

その後三か月間の調査の最終結果が話し合われた。

委員A：「訴えを起こした研究員Aは、荒島博士が東北医療大学に在籍していた頃からあまり仲がよくなかったようでした。荒島博士が大学を去ったのはそのためだと他の研究員達は言ってます。個人的にも荒島博士に恨みがあったと思われます」

委員B：「荒島博士のあのような個性では、集団での研究は馴染めなかったのではないですか？」

委員C：「八幡平製薬の新薬開発チームの同僚からは、彼は天才だと言っている人が多い反面、頭がおかしい、普通じゃあないと少なからず思っているようです」

委員D：「荒島博士からの聞取りと論文の基礎データを調べましたが、八幡平製薬で彼が行った動物実験は研究員Aらの実験と同じかと言うとそうではないのです。やり方すなわち方法論は同じですが、新薬つまりアラシマビルの基となったものは研究員Aの新薬と化学構造が少し異なります」

委員E：「私もその調査に加わり吟味しましたが、D委員がおっしゃるとおりです」

委員C：「荒島博士は、以前から指摘されているように、おそらくアスペルガー症候群と診断できると思います。アスペルガー症候群は、過去の報告では犯罪者の頻度が高いと言われていますが、それは偏見かも知れませんね」

委員F：「研究員Aの言っていることが正しいのか正しくないのかは別としても、アラシマビルは、実際に臨床的に有効な治療薬となったことは事実で、全世界を救ったわけです。また、論文の信憑性も委員Dの調査から問題ないと判断されたのです。これは、日本にとって大変素晴らしいことで、単なる個人的な恨みや憎しみで不名誉なことにしたくはないと言うのが心情です」

委員A：「私もそう思います」

委員G：「荒島博士が現在勤務している八幡平製薬の社長と東北医療大学微生物学の御師前教授からの聞取りでは、荒島博士の強く変わった個性で周囲には馴染めなかったが、研究者としては独特の発想を持ち、アイデアの点では他に類を見ないものを持っています。金や名誉のために法にそぐわないことをする人ではないと口を揃えて言ってました」

委員H：「委員Dと一緒に論文の基になったローデータを調べましたが、結果を操作して捏造したとか、なかったデータを付け加えたとか、そういった証拠はありません。実験したラットの数も水増しした等の証拠も得られませんでした。荒島博士の論文は、正当なものと判断してよろしいと思います」

八人の委員から得られた結論は、学会に提出された荒島博士の論文に関する精査では、訴えにあるような事実はないと判断された。

その第三者調査委員会からの答申を受けて、繁松委員長は、学会雑誌で荒島博士の論文の正当性を正式に文書で公表した。また、マスコミに対しても第三者委員会の結論を公表するように要求した。

週刊「日の丸」に対しても捏造疑惑の記事は精査の結果誤りであるとの記事を載せるように求めた。

当の荒島博士は、自分の知らないところで起こっていたことには全く無頓着で、何を訊いても『そうですか。はい、はい、はい』とのいつもの調子で、研究に没頭していた。

3

第三者調査委員会での結論が週刊誌やテレビで報道されると、今度は逆に荒島博士を訴えた側である東北医療大学微生物学の研究員Aがマスコミの標的になった。訴えを起こした研究員Aは、週刊誌の記者に何度もインタビューを求められて、『荒島博士のことが嫌いなのか？』とか『僻《ひが》みからあのような訴えを起こしたのだろう！』などの質問を浴びせられた。

その結果、いたたまれなくなり大学を辞めた。上司の御師前教授に訊いても彼の行き先はわからないとのことであった。御師前は、知っているのか本当に知らないのか口を割らなかった。

同僚研究員の噂では、北海道へ渡り、札幌医科大学の関係機関に就職し、ウイルスの研究を続けているとのことであった。どうも御師前教授の口利きではないかと内部で話している者もいたらしい。

一方、荒島博士は、益々テレビ出演が増え、変わったキャラクターの有名人になった。他方、わが国の救世主として中泉内閣総理大臣の信任を得て、国民栄誉賞の授与も検討されていた。そのことをテレビでキャスターから感想を求められても、例の『はい、はい、はい、はい』と一向に関心がないようであった。

その後も荒島博士は研究に没頭し、治療薬開発の次はワクチン開発に興味が移った。中大路は、その研究を政府としてサポートしなければならないと考えていた。そうすると、今、在籍している八幡平製薬の研究室では研究環境や人員など会社規模の面で無理であろうと判断した。

中大路は、畠中厚生労働大臣に相談し、政府直轄のウイルス研究室を国立感染症研究所の中に設け、研究員や事務職などを揃えて年間五億円の資金を投じることに決定した。荒島博士は、その室長に就任した。

また、ワクチン開発には、八幡平製薬に替わる製薬会社からの協力が必須である。畠中厚生労働大臣は、わが国最大の製薬会社である山田製薬に協同開発研究を依頼し、快諾を得た。

荒島博士は、今年で四十六歳になったが、未だ独身で子どももいない。研究一筋に歩んできた。研究所や政府によるこれだけの手厚い環境をもらっても、本人は一向に意に介さず欲のない態度に変化はなかった。

「中大路さん、今回の私の異動については中大路さんの力が強かったと聞かされました。私のためにいろいろ動いてくれたんですってね？　はい、はい」

荒島博士は、頭をボリボリ掻きながら、中大路の顔ではなく窓の外を見ながら訊いた。普通であれば、相手に対しては失礼な奴だと思われる態度だが……。

「荒島先生、誰に聞いたんですか？　貴方のためだけではなく、日本のためですよ」

「あ、は、は、日本のため？　大袈裟ですね？　はい、はい」

「大袈裟ではありません。荒島先生は、それだけのことを残してきたのですよ」

「そうでしょうか？　まだ、新型コロナも収束したとは言えません。また再燃するかも知れません。そして、コロナウイルスも遺伝子変異し、アラシマビルも効かなくなってきたら困りますよね。そのためにもワクチンが必要なのです」

そう言って荒島博士は、また頭を掻きながら窓の外を見ていた。

「今度は、先生がワクチンの開発にも力を入れられるように取り計らったつもりでしたが、何か問題がありますか？」

「問題はありませんが、うむ……。八幡平製薬の社長には世話になっていましたからね。何か裏切った感じがするのですよ。はい、はい」

荒島は、本当に申し訳なさそうに眉毛を八の字にして下を向いた。

「その点はご心配には及びません。社長にはよ～く、説明して承諾を得ていますから。社長は大変喜んでおられましたよ」

「へぇ、そうでしたか」

中大路のその言葉に一転して明るい顔になった。何となく子どもみたいだと中大路は思った。

「そうですよ。『彼は日本の宝だからね。うちで縛っておくわけにはいかないですよ』と言ってました」

「うむ……」

「先生はそんな小さなことに拘らず、ワクチンのことだけを考えて、研究に没頭してください、われわれが後押しいたしますので……」

「そうか。はい、はい」

荒島博士には、まだ何かに気になることがあるような感じを受けた。

「先生！　まだ何かに気になることがあるのでしょうか？」

「そうねぇ。私を訴えた東北医療大学の先生はどうなりましたか？」

「あ、あ、あの先生ね。確か、札幌医科大学の関連医療機関へ再就職されたようです。あちらでもウイルスの研究をやっていると聞いていますが……」

「その関連医療機関の名前はわかりますか？」

「私は知りませんが、東北医療大学の御師前教授に尋ねればわかると思いますよ。きっと……」

「そうですか。私のことを恨んでいるでしょうね？　はい、はい」

「それはわかりませんが……。調査委員会でしっかりとした結論が出たのですから、先生は何も気にすることはないと思います」

その後、荒島博士は都内へ移り、新しい研究室でワクチン開発に取り組み始めた。山田製薬からも研究員が数人加わり、賑やかになった。研究の仕事が開始されて二か月ほど経過したところで、荒島博士にとっては思わぬ事件が降りかかることになった。

4

二〇二×年三月十五日早朝六時十五分、新宿警察署に都立外山公園の道路脇に停めてある車の中に男性死体があるとの一報が入った。近くを散歩していた主婦が発見した。直ぐに初動捜査隊が駆けつけ現場保存し、その後、新宿警察署捜査第一課の刑事が鑑識を伴って臨場した。

現場は、都立外山公園の箱根山地区脇の道路にＢＭＷのＳＵＶ車が停めてあり、左ハンドルの運転席に男性が血だらけになって死んでいた。現場検証の結果では、被害者の身元はポケットに入っていた財布の中に免許証があったため直ぐに判明した。車の車検証からも被害者のものであることがわかった。被害者は、荒島有志、四十七歳、現住所は新宿区高田馬場一丁目三十番地、スカイビューハイツ三二五号。誰もが知っているアラシマビルの開発者、荒島博士であった。

被害者の荒島には、右脇腹と左胸部に刺し傷が二箇所あり、そこからの出血多量で死亡したと考えられた。一見して殺人事件であることがわかった。遺体は、直ぐに司法解剖され、左胸部の刺創は心臓まで達していてそれが致命傷になった。遺体の所見から、死亡時刻は、幅広く見積もっても前日の午後十時から十二時の間と推定された。

被害者が荒島博士という国家の重要人物であるため、中泉総理大臣から警視総監へ直接連絡が入り、『早急に犯人を特定するように……』との指示があった。そのため警視庁捜査第一課は、新宿署と合同捜査本部を新宿署に設置し、今までになく本格的な捜査を開始した。

捜査一課長は高桑英治警視正で、以前山崎海上幕僚長殺害事件と防衛省爆破事件の捜査を指揮した人物である。そのときは、実行犯は逮捕したものの、それを指示した主犯特定の捜査は政治的な暗黙の圧力があり、高桑自身としては生煮えの状態であった。

今回の殺人事件は、そのときの事件と常識的にはおそらく無関係であろうと思うが、早急にしかも確実に逮捕しなければならないと密かに考えていた。高桑一課長の手足となったのは、以前A班とB班の主任として捜査に当たった石場涼介刑事と日和強太刑事であった。

高桑一課長は、二人を自室に呼び、険しい顔で言った。

「今回の殺人事件の被害者は、国民的な英雄だから、絶対に犯人を逮捕しなければならない。警視総監からの直接命令があった。捜査員は十分に補うことができる。早急にホシを上げろ！」

二人揃って力強く『はい』と答えた。

捜査会議で高桑一課長は、次のように口火を切った。

「今のところ、ガイシャの司法解剖の結果はどうなんだ？」

「はい。死亡推定時刻は、発見前日の十四日深夜十一時前後です。犯人は二度に渡って刺しています。おそらく刺創の方向から、被害者の自家用車の助手席に乗って、隙きを見て刺したと思われます。二度目は心臓を狙っていますので、明確な殺意があったのではないでしょうか」

「凶器についての情報は？」

「現場周辺には凶器は見つかっていません。刺創の形状から凶器は幅3センチ程度、片刃の長い包丁のようなものと推定されています。刺した後凶器は犯人が持ち帰り、どこかで捨てたか自分で保存しているかだと思います」

「そうか。現場周辺での凶器の捜索結果と現場検証での鑑識からの情報はあるか？　指紋は？」

「はい。現場周辺では凶器は発見されていません。指紋は、被害者のもの以外どこにも検出できませんでした。おそらく手袋などのようなものをつけていたのだと思います」

「うむ……。何か犯人が残していったものはないのか？　よく調べたのか？」

「はい。それは少ないです。ゲソ痕も取れなかったのですが、助手席の足場シートに藁のついた泥跡が確認されていますが、その分析もその辺の土と変りがないようでした」

「目撃者についてはどうだ？」

「あの辺は、夜九時を過ぎると人通りが少なくなり、今のところ目撃者情報はありません」

「被害者の周りでの人間関係はどうだ？」

高桑一課長の苛立ちは隠せなかった。次第に声のトーンが上がった。日和刑事は穏やかに発言した。

「被害者は、最近、週刊誌などで騒がれていましたが、アラシマビルの開発について、論文捏造疑惑が持ち上がっていました。しかし、学会の第三者委員会での結論は、問題なしとされたのです。まぁ、その訴えを起こした研究者は、責任を取ってか、居づらくなったか、職場を変えましたよね。その点では荒島博士を恨んでいたかもしれないですね？」

「ほう。誰だ！　それは？」

「東北医療大学に在籍していた研究員の安立河原透《あだちがわらとおる》です。今は札幌にいます」

「そいつのアリバイはあるのか？」

「早速調べます」

「その他に荒島博士を恨んでいた奴、死んで得する奴を徹底的に調べろ！　いいな！」

「はい！」

　捜査会議の末席にいた鑑識の若い捜査官が発言しようと手を上げた。

「あの……、すみません。自分は被害者の爪を調べたのですが、右手の中指と薬指の爪の中から組織片が出てきたんです。多分、人の皮膚片だと思われます」

　高桑は、チェと舌打ちをして、鑑識の係長のほうへ顔を向けた。

「何でそんな大事なことを黙ってるんだよ。早く言わなきゃだめじゃないか」

「すいません」

　鑑識科の係長がそのやり取りを聞いていて、庇うように発言した。

「その件は、組織片の量が少なく、まだ確定ではありませんので、われわれとしては、少々躊躇《ためら》っていたのですが……」

と言いながら、更に、次のように続けた。

「その組織片のDNA鑑定では、被害者のDNAとは異なっています。すなわち、被害者とは別なDNAです。犯人のDNAと思います。また、組織の形状から、腕あたりの皮膚片かと考えられます。さらに、左手の爪に黒の革片がありました」

「ということは、どういうことが考えられるのだ？」

「犯人は、黒の革手袋か何かをつけていて、凶器で殺害するときに被害者から抵抗され、爪によって腕に傷を負っている可能性があるということです」

「うむ……。そうか。重要な所見だな。他に何かあるか？　女性関係などはどうだ？」

　石場刑事は、それに答えた。

「ガイシャの女性関係についてのことですが、ガイシャは独身なのですが、東北医療大学にいたときに付き合っていた女がいました。徐春陽《じょしゅんよう》という中国からの留学生でした。徐は、当時二十五歳でしたが、今は三十四歳くらいになっていると思われます」

「今も関係があるのか？」

「時々逢っていたようです。しかし、秘密で関係を続けていたようで、知っている者が少ないのです」

「そうか。それは重要な情報なので、捜査員を増やし、聞取りを進めろ！」

5

　その後、捜査第一課は、課を上げて総勢百名の捜査員を動員し、懸命に捜査を開始した。しかし、目撃者探しは、思うようにいかなかった。それは、現場周辺の環境が大いに関係していた。あまりにも人通りが少なく、車中の犯行であることがその理由であった。凶器も発見されず、手がかりが少なかった。

被害者の犯行当日の足取りも少なかったが、その中で荒島博士が当日仕事を終え、研究室を後にしたのが五時半、その後いつものとおり車で帰宅したとまではわかっている。しかし、車で帰宅した後の足取りは不明であった。

一方、被害者の携帯電話の通話履歴の調べから、重要な情報が得られた。殺害当日から遡って一週間のラインのやり取りで、二人の人物との会話と一人の通話履歴が得られた。ラインでの会話の一人は、厚生労働省官僚の中大路文也と徐春陽であった。通話履歴にあった一人は、電話番号表示はなく、非通知の電話で内容は不明であった。

中大路は、荒島博士の新しい就職先である研究室開設に腐心した、荒島博士にとってはいわゆる恩人である。時々ラインで現状を尋ねたり、食事に誘ったりしていた。その点から容疑者から最初に除外された。

徐春陽は、荒島博士と東北医療大学在職中からかなり深い関係を持っていた。徐は、その後、日本での就労ビザを取得し、荒島博士が国立感染症研究所に異動するに伴って彼女も都内に移り住んだ。現在、新宿区内のアパートを借り、荒島博士の口利きで大手製薬会社の研究室に勤務していた。

彼女との犯行当日のライン内容は、仕事が終わったら食事をしたいので、新宿京王プラザホテルロビーで待ち合わせしようとのことであった。それに対して荒島博士からの返信はなかった。非通知の電話の主や内容については全く情報が得られなかった。

他方、捜査第一課の石場刑事は、若い刑事を伴って北海道札幌市に飛んだ。容疑者の一人である安立河原透の勤務している札幌医科大学付属ウイルス研究所分院を訪れた。

安立河原は、警視庁の刑事だと知って、眉間に皺を寄せた。

「安立河原先生、荒島博士のことはご存知だと思いますが……」

「え、え、知っています。有名人ですからね。私が疑われているんですね?」

安立河原は、ニコリともせず答えた。しかし、容疑者特有のおどおどした態度は全く認められなかった。

「一応、われわれの仕事ですので、話を訊きに来たんですよ」

「何でも訊いてください。別に隠すことはないのですから……」

「では、お訊きしますが、荒島博士が殺害された日は三月十四日の夜十一時頃と推定されています。その日のその時間に貴方は何をなさっていましたか?」

その質問が必ず来ると思っていたので、安立河原は直ぐに手帳を取り出し、ペラペラ捲り、次のように返答した。

「十四日は札幌にいました。ちょうど翌日が公休日でしたので、十五日も家にいました」

「そうですか。誰かそれを証明してくれる人はいますか？」

「さぁ……。わかりませんが、十四日は、仕事でしたので研究所の仲間に訊いてください。十五日は、妻と子どもは実家に帰っていました。それなので私は一日中家にいましたが、昼に一人で札幌市内の『麺来《めんらい》』というラーメン屋に自転車で行きました。そこの店員が覚えているかも知れませんね」

安立河原は、表情を変えず淡々と話した。

「わかりました。後で調べますよ。ところで、荒島博士についてはどう思いますか？」

「どうって？　私の言い分が通らなかったのでねぇ。第三者委員会っていうのも当てにならなりませんよ。よく調べたのかという感じですね」

「変な訊き方ですが、荒島博士が殺されてどう感じましたか？」

その質問には少し動揺したようだった。僅かに口をへの字に曲げた。

「びっくりしましたよ。研究一筋の人でしたからね。性格的にも恨まれるような先生ではなかったように思いましたので、何があったんだろうと思いました」

石場刑事は、話を聞いていて『犯人はこいつじゃない』と思った。刑事の勘ってやつだ。そうは思っても、とりあえず裏取りはしなければならない。

その日のうちに分院へ行き、仕事仲間に訊いたところ、十四日は十七時少し前まで研究所にいたことは確認できた。十五日のラーメン屋『麺来』では、昼はお客が多く、写真を見せたが店員達の記憶にはなかった。結局、安立河原のアリバイは成立しなかった。また、航空会社への搭乗者名簿には安立河原の名前はなかった。

仮に安立河原が犯人だとすると、研究所分院を午後五時に出て、五時半か六時台の札幌千歳空港発のフライトに偽名を使いチケットを取り、札幌羽田間は一時間半なので羽田から新宿まで早ければ五十分、犯行時間の十一時までは十分な時間があり、犯行可能であると結論し、一課長にはそう報告しようと思った。

徐春陽は、東北医療大学からの関係が続いていて、お互いに未婚ではあるが、愛人関係と見てよい。しかし、二人の関係を知っている者は少なく、情報も多くは得られなかった。強いて言えば、八幡平製薬の社長は、彼らの関係をよく知っていて、暖かく見守っていたようであった。

6

石場刑事は、徐との関係を重要視し、その社長に聞取りした。

「社長！　荒島博士と徐春陽との関係についてお話を聞かせていただきたいのですが……」

「どうぞ。どんなことを知りたいのですか？」

石場刑事は、荒島博士と徐の関係性が何となくこの事件の鍵を握っていると感じていた。

「二人はいつ頃からの関係なんでしょうか？」

「彼が大学の微生物学にいたときに徐さんが留学してきたのですが、そのときからですね。御師前教授の指示で彼が徐さんを指導する立場になったようです。彼が、彼女の住むところなども含めていろいろと面倒を見て上げているうちに親しくなったのではないでしょうか。彼からは、そう聞いています。彼のあの病的で、ストイックな性格も徐さんはよく理解し、付き合っていたようでした。徐さんも日本語は上手かったですからね」

「そうですか。彼が大学を去って八幡平製薬にきたときはどうなったのでしょうか？」

「仙台と盛岡は新幹線で約四十分なんですよ。近いです。合う回数は少なくなったみたいでしたが、週末などには逢っていたようでした」

「二人の間で結婚などの話は出なかったのですか？」

「それは二人の問題ですのでわかりませんが、彼に直接訊いたことがあります」

「荒島博士は、何て答えたんでしょうか？」

「はあ、そうですねぇ。多分、結婚はしないだろうと言ってました」

「そうなんですか？　なぜでしょうか？」

「それは私にもわかりません」

「……、ところで、徐さんの写真はありますか？」

「ちょっと待ってください」

　と言って立ち上がり、机の中から何枚かの写真を取り出して、見せてくれた。そこに写っていた写真は、社長と荒島博士と徐春陽の三人でテーブルを囲んで食事をしているものであった。写真の中の徐は大変美しく、細みで色白の美人であった。

　石場は、これでは荒島博士が惚れるのも無理はないと思った。しかし、社長からの話では、これ以上事件の真相に繋がる情報はなかった。

　石場刑事は、得られた情報を持って帰り、第二回目の合同捜査会議に臨んだ。

中大路と端本も、警視総監からの要望で捜査会議に参加するように指示された。高桑一課長が口火を切った。

「どうだ！　新たな情報はあったか？」

まずは、石場刑事が答えた。

「札幌に行って東北医療大学時代の研究員仲間で荒島博士の論文捏造疑惑を訴え出た安立河原のアリバイを調べてきましたが、東京には来ていないと言ってますが、裏取りはできませんでした。可能性は残しています。でも、私の見たところでは、安立河原はやってないのではないでしょうか？」

「それは、お前の勘ってやつか？　勘よりも確実な証拠が必要だな！」

「はい。もう少し裏取りを進めてみます」

「そうか。荒島博士の女性関係についてはどうだ？」

「荒島博士には、大学時代からの徐春陽という中国人の恋人がいましたが、現在、就労ビザを取り、荒島博士の紹介で製薬会社の研究室に勤務しています。今のところ荒島博士を殺害する動機はなかったようです」

「うむ……。その他に得られた情報はないのか？」

捜査会議室の前方にパワーポイントにより容疑者の顔写真が提示された。荒島博士の恋人ないし愛人である徐春陽の顔写真が映されたとき、中大路と端本は顔を見合わせた。お互いに隣で後方の席だったので、ヒソヒソ話ができた。

中大路は、口の脇に右手をかざして周囲に聞こえないように話しかけた。

「端本！　あいつ見たことないか？」

「あ、あ、あるなぁ。俺達が中国にいたときに顔を合わしているんじゃぁないか？」

「お前もそう思うか？」

「どこで会ったのかよく覚えてはいないが、えらく美人だなと思ったのでねぇ。確かお前が勤務していた武漢のウイルス研究所にいたんじゃぁないか？」

中大路は、会議の途中であったが発言した。

「あのぉ、すみません。部外者ですが、発言させてもらえますか？」

「お、お、中大路君か。何か言いたいことがあるのかな？」

高桑一課長の暖かい言葉で、中大路は言いやすくなった。

「徐春陽のことですが、日本に来るまでどこにいたか、どこで働いていたかわかりますか？」

石場刑事が答えた。

「それについては、われわれとしては掴めていません」

「そうですか。私が数年前に中国武漢のウイルス研究所で新型コロナウイルスの研究をしてきたときに彼女を見かけています。確か廷研究所長の下で勤務していたように思います」

「それは確かなのか？」

高桑は、不思議な顔をした。

「もしかしたら、荒島博士との出会いは偶然ではなく、中国政府の力が働いていた可能性があるかも知れません。その辺を調べたらよろしいと思いますが……」

一同、その発言には沈黙していた。なぜなら意味がわからなかったからである。高桑もわからなかったので、更に訊き質した。

「中大路君、それってどういうことですか？」

「それはですね……、荒島博士と徐春陽の出会いは偶然ではなく、何か仕組まれた臭いがするということです」

高桑は、右手で拳をつくり、顎に持って行き、考えている仕草をした。

「なるほど……。しかし、徐春陽は、荒島博士らの研究がまだ表に出る前から東北医療大学に留学しているんだよなぁ。それはどう説明するんだ？」

今度は中大路が困った顔をした。

「その点は、われわれがもう少しよく調べてみます」

「わかった。よろしく頼む」

7

中大路と端本は、合同捜査会議が終了した後に、端本の元の働き場所である外務省を訪問した。高桑一課長の許可をもらって徐春陽のパスポートを入手し、三部コピーした。外務省の中に国際情報統括官組織があり、外交情報の収集と分析を行なっている部署がある。そこに前もって官房長官を通じて統括官に中大路達の調査に協力するように指示を入れてもらった。


二人は、揃って統括官室を訪問し、直ぐに用件を話した。

「統括官、調査をしていただきたい案件があります」

「中大路さん、どんな案件ですか？　できるものであれば、可能な限り協力したいと思います」

官房長官から既に話が行っていると思われ、話はスムーズに進んだ。

「このパスポートの人物について調査をお願いしたいのですが……」

「わかりました。中国人ですね？」

「この女性は、統括官もご存知だと思いますが、アラシマビルの荒島博士の殺害に関わっている可能性があります。中国での経歴などを調べて欲しいのです」

「中大路さん、ご自身が何かこの女性について疑問を持っているのですか?」

「いや、まぁ、そうなんですよ。彼女は、荒島博士の恋人だったんです。実は、私が中国に滞在していたときに、武漢のウイルス研究所で見かけた記憶があるのです。日本に来たのも、荒島博士と知り合うことになったのも、何かそれなりの目的があったのかも知れないと思っているのです」

「それなりの目的って何ですか?」

「うむ……。当時は、武漢で新型コロナウイルスの感染が拡大していました。われわれが調べたところでは、中国は生物兵器として新型コロナウイルスを研究していた疑惑が持ち上がり、その証拠を掴んでいました。そのため中国は、新型コロナウイルスの治療薬がぜひ必要だったのです。わが国では、荒島博士の治療薬に関する英語論文がいくつか掲載されていたので、その辺の詳しい情報をどうしても知りたかったのかも知れません」

「そうですか。そういうことですか。わかりました。その辺のことをよく調べてみましょう」

そのやり取りを聞いていた端本は、口を挟んだ。

「中国中央部は、よくそのような手を使うんですよ。私も外務省にいて、在中日本大使館にいたこともありましたので、彼らの手はわかっているつもりです」

端本は、そう言いながら中大路を見た。中大路は、首を『うん、うん』と二回縦に振った。

「端本さんも、中大路さんと同様に、徐春陽はその手のものと考えているのですね？」

「まぁ、そういうことです」

「わかりました。中国諜報部員について詳しく調べてみましょう」

「よろしくお願いします」

そう言って二人は統括官室を後にした。二人だけになって、中大路は独り言を言った。

「また、中国かぁ……」

今までずっと中国と関わりを持ってきて、彼自身は中国のやり方に対して嫌になっていた。その気持ちが表に現れた。

「中大路よぉ。中国はなぁ、われわれみたいな民主主義の国ではないんだよ。われわれの常識など全く通用しないと思ったほうがいいよ。香港を見ればわかるだろ？　秦栄明を頂点とする全体主義の国になったんだよ。かつての戦前の日本がそうであったように……。今回の新型コロナの件、南鳥島や沖ノ鳥島の件など皆そうだ。われわれもいつまでも昔の古い憲法を後生大事にしていないで、新しく、現状に合った憲法をつくり直さないとだめなんじゃぁないか?」

「ふむ……。そういうことだな」

二人は、まずは国際情報統括官組織の調査結果を待つことにした。高桑一課長にも結果が出るまでもう少し待ってくれと電話で告げておいた。


その二週間後に統括官から封書で中大路宛に調査結果が届いた。調査結果は、A4用紙五ページに渡り詳細に記載されていた。

それによると、徐春陽は偽名であり、本名は呉可馨《ごかしん》であった。生まれは北京市近郊の廊坊市安次区《ろうぼうしあんじく》。中学、高校時代から成績優秀で、クラスでもトップクラス。北京大学医学部に入学し、基礎医学、特にウイルス学を勉強し博士号の学位を取得。その後中央政府の国家安全部に幹部から指名されて入職した。

中華人民共和国国家安全部は、中国の諜報機関の一つで、徐春陽は国家安全部の命令で荒島博士の新型コロナウイルス治療薬の研究開発について調査し、逐一報告するように求められていた。すなわち、中国政府のスパイで、荒島博士の研究を盗んで、中国が先んじて開発するように命令を受けていたのである。

新型コロナウイルスを生物兵器として使用するには、治療薬やワクチンが必須である。中国は、それを怠ったのか能力的に不可能であったのか不明であるが、現実には持っていなかったので、まずは治療薬開発が急務と考えていた。そのため徐春陽は荒島博士の在籍していた東北医療大学に留学希望を提出し、許可され、正式に留学生として研究開始したのであった。

当の微生物学の御師前教授は、それらの事情は全く知らず、受け入れ、徐春陽の希望を聞き入れ、荒島博士の下で研究するよう取り計らったのであった。以上が国際情報統括官組織からの調査結果である。

最終章

捜査第一課の日和刑事は、中大路達の国際情報統括官組織へのアプローチの最中に、徐春陽の住んでいるアパートと勤務先の製薬会社を当たり、聞取りを試みようとした。すると、徐春陽は、三月十五日、荒島博士の遺体が発見された翌日から会社を休んでいた。会社には、中国にいる父親の容態が悪くなったとのことで、一時帰国したいと休暇届を提出していた。

アパートを捜索したところ、家具などはそのままで、確かに中国へ一時帰国し、またこちらに戻ってくるかのように、アパートを引き払った様子はなかった。

日和刑事達は、家宅捜査令状を取って、机の中、押入れ、本棚などを丹念に調べたが、荒島博士の殺害に関係するような凶器やその他の物証は発見されなかった。証拠になるような物はなるべく残さないように気をつけていたのかも知れなかった。

しかし、アパートの大家に彼女の部屋への人の出入りを確認したところ、時々夜に男が来ていたことがわかった。

大家も荒島博士のことは知っていたが、念のため写真を見せ、確認したが、その男は荒島博士とは別の若い男だと答えた。その他には男女とも出入りはなかったようであった。

さらに、捜査第一課の別の捜査員の調べでは、中華航空のチケットを取り、早々に北京へ帰国していた。

第三回合同捜査会議が開かれた。いつものように中大路と端本にも参加依頼があり、出席した。

高桑一課長の話から始まり、捜査報告が開始された。その中で中大路は、国際情報統括官組織の調査から徐春陽が中国諜報員であることを報告した。その報告を聞き、一同『オー！』と声を上げ、顔を見合わせた。皆予想していなかったのかも知れなかった。また、日和刑事から、その徐春陽は、既に中国へ帰国していることも伝えられた。

「そうか。徐春陽が荒島博士の殺害に関わっている可能性が高くなったな！　その他には新たな事実がわかっているか？」

日和刑事が手を上げた。

「徐のアパートに男が何度も出入りしていたのを大家が見ています。男は、荒島博士ではありません。別の男です」

「日本人か？　中国人か？」

「大家の話によりますと、見た感じだけですが、日本人ではない印象を受けたとのことでした」

「男の身元は割れているのか？」

「まだ、わかりません。もう少し詳しく調べてみます」

「他には何かあるか？」

鑑識課の係長が手を上げた。

「あのぉ……、前回被害者の爪に残っていた組織片について報告しましたが……」

「そうだったなぁ」

「はい。その皮膚片なんですが……、少量の血液が付着していまして……」

「何なんだ！」

高桑一課長は、少し苛ついた物言いだった。

「実は、最近では、極少量の血液から性別を判定できます。性別は男です。実行犯は、男だと思われます、もちろんＤＮＡも確認済みです」

「ということは、実行犯は、徐春陽ではないのか……。というと、アパートで見かけた男なのか？」

しばらく沈黙の後、日和刑事は答えた。

「一課長！　それには誰も答えられませんよ。まぁ、徐春陽が中国諜報員として荒島博士に近づき、研究の一部始終を盗み母国へ持ち帰ろうとし、荒島博士にそのことがバレて怒りをかった。そのため徐春陽が男を使って殺したと考えれば筋が通りますよね？」

「日和！　その通りかもしれんな。うむ……」

高桑一課長は、鼻を少し膨らませて声のトーンを上げ、命令口調で皆に告げた。

「日和の筋書きは、大方間違ってないと思われる。手分けして裏を取ってこい。いいな！」

一同、『はい』と口を揃えて答えた。

中大路は、国際情報統括官組織に、再度、徐春陽と同時期に訪日した諜報部員についての情報を入手するように依頼した。結果は直ぐに判明した。徐春陽の調査時に、同時に捜査上に浮かんでいた男だ。その男は、曹永福《そうえいふく》、三十五歳、上海市生まれで、徐と同時期に国家安全部に入職し、中国諜報部員として日本に配属された。

しかし、日本での住所や活動地域、活動内容などは不明で、現在どこにいるのかもわからなかった。時々徐のアパートで密会し、何か話し合っていたと思われた。しかし、荒島博士の殺害に関する情報などは一切表には出さず、今日本にいるのかいないのかすら不明であった。

一方、鑑識班の捜査では、徐のアパートの家宅捜索で得られた毛髪のＤＮＡと被害者荒島博士の爪から得られた皮膚片のＤＮＡは一致せず、殺害実行犯は少なくとも徐春陽ではないことが確実になった。

また、荒島博士の住んでいた新宿区高田馬場のマンションの捜索で、自筆のノートが見つかった。そのノートには、実験結果や今後の実験計画などが詳細に記載されていたのと同時に、徐春陽への想いなどが時々書かれてあり、その点では実験ノートではあるが、一部は日記のような性格のものであった。

ノートは、全部で五冊あり、荒島が東北医療大学にいたときからの実験内容も記載されてあり、論文の元データとしても貴重なノートであった。

その中で、時々徐春陽について、最初の時期には彼女への想いが綴ってあったが、八幡平製薬に異動し、しばらくしてからは徐春陽が荒島博士の実験方法や使用した試薬、ラットの血液検査項目などを中国に送っているらしい旨のことが書いてあった。荒島博士が都内に移ってからのノートには、徐春陽はもしかしたら中国政府から命令された諜報部員かも知れないというような彼自身の徐春陽に対する疑いの気持ちも書き綴られてあった。

高桑一課長は、この荒島ノートを重要視し、荒島博士の殺害の実行犯は曹永福、共犯として徐春陽を立件可能と考え、事情聴取の必要性があるとした。

しかしながら、徐春陽は中国へ帰国しており、曹永福も行方不明で、二人とも中国へ逃亡している可能性が高い。今のところ、中国との間に犯罪人引渡し条約は締結されていない。

中大路と端本は、中国政府に対して徐春陽と曹永福の二人の調査と引渡しを求めた。それに対して中国政府は、該当するような人物はいないと回答してきた。

警視庁捜索第一課と国際情報統括官組織の合同捜索で、徐春陽と曹永福が中国へ帰国したことは確実となった。彼らの中国帰国後の動向については明らかになっていなかったが、日本からの犯罪人引渡しについては、当然のこと中国政府は拒否ないし無視した。そうなるとわが国は手も足も出ない状況に陥った。

捜査第一課としても、荒島博士の殺害犯は、状況証拠からしてほぼ徐春陽と曹永福の二人であるとの確証はある。後は二人の自供を得るだけである。しかし、今の日中関係を考えるとこれ以上の捜査は不可能であり、目を瞑らざるを得ない。

合同捜索会議で高桑一課長からそのことを皆に告げると、捜査員達の落胆と悔しがり方は目に余るものがあった。

中大路と端本も、気持ちは同じだ。やりきれない。振り返ると、中国の南鳥島、沖ノ鳥島への侵攻、また中国の生物兵器として新型コロナウイルスの使用、それが世界中に蔓延し、多くの死亡者を出した。何なんだ！　中国！　いい加減にして欲しい。

それに比較して日本は良い国だ、良心的だ。言論の自由もある。努力して頑張れば欲しいものは得られる。恋愛も自由だ。八十年前の終戦から日本は急激に変わり、進歩した。世界の他国から見れば、日本はアメリカの傘の下でのほほんと暮らしているように見えるかも知れない。アメリカがいないと何もできない。確かにそうかも知れない。日本は日米安保条約を基に、他国の侵略から守ってもらっている。確かに今はそうだ。

しかし、後十年もしたら憲法が改正され、日本も自分は自分で守るだけの軍事力を持つことになる。多分そうなるだろう。それまでは、日本は大人しくするのだ。

今度の荒島博士の殺害事件、彼は、日本の宝だ。彼の研究開発によって、日本中、いや世界中が救われたのだ。それが中国人によって亡き者にされた。許せないと日本中思っている。皆、心の中はモヤモヤしている。

そして、世界中に蔓延した新型コロナの感染が終わっても混沌としている。秩序がない。米中関係、お互いの覇権争い。中東問題、北朝鮮問題、ロシアなど皆、混沌としている。

中大路と端本は、今回のことで疲れ切っていたが、自分達が頑張らなければならないと思っていた。今まで頑張ってもまだ足りないのだ。

今日は、酒を飲んでも酔わない。何でだろう？　二人は同じ気持ちだ。混沌とした世界の中で、日本に生まれ育って、日本人として誇りを持てた。他国を見るとその気持ちはさらに高まった。二人でそんな話をしているうちに夜が明けた。荒島博士を思って手を合わせた。そして、中大路は、心の中で『荒島先生、申し訳ない』と呟いた。隣の端本は、いびきを掻いて寝ていた。

（了）

あとがき

この小説は、著者の感じたまま、思ったままに書いたもので、政治的な深い意図は全くありません。新型コロナ感染症も中国の海洋進出もある程度は事実に即していますが、フィクションです。

また、中国のことを悪く描いていますが、著者自身は決して中国そのものに悪意や敵意を持っている訳ではないのです。むしろ中国は、この数十年間で世界第一の経済大国に押し上げた力を尊敬の念すら持っております。

小説を面白くするために誰かを悪者にすることはよくあることです。もちろん、ここに出て来たのは虚構の人物です。

しかし、一歩間違えば現実がこのようなストーリーになるかも知れないのです。そう思って最後まで読んでくださると面白く感じられるかも知れません。

タイトルは、当初、「中国コロナ殺人事件」としましたが、いろいろと考えている中で、現在のコロナ禍ではすべてが混沌としている世の中であると感じ、「混沌」としました。

読者の皆様には、ぜひこの小説を最後まで読んで、楽しんでいただければ幸甚です。

著者略歴

井埜　利博（いの　りはく）

本名：井埜 利博 (いの としひろ)。
1951 年 1 月 25 日生まれ。
埼玉県熊谷高校卒業。1977 年、順天堂大学医学部卒業。
2000 年、医療法人いのクリニック理事長・院長。
2002 年、群馬パース大学客員教授。
2020 年、埼玉県熊谷市文化功労者。
2006 年〜 2020 年、熊谷市医師会看護専門学校校長。
著書：『グロースタウン』、『国家公認ＥＸ死刑執行団』、『四次元ハイスクール』、『白衣天使のゴースト』、『フェードアウト』など。

混沌

2021 年 11 月 5 日 初版発行

著　者　井埜　利博　

発行人　森　　忠順

発行所　株式会社 セルバ出版
〒 113-0034
東京都文京区湯島 1 丁目 12 番 6 号 高関ビル 5 B
☎ 03（5812）1178　　FAX 03（5812）1188
http://www.seluba.co.jp/

発　売　株式会社 三省堂書店／創英社
〒 101-0051
東京都千代田区神田神保町 1 丁目 1 番地
☎ 03（3291）2295　　FAX 03（3292）7687

印刷・製本　株式会社 丸井工文社

Printed in JAPAN
ISBN 978-4-86367-710-4